W9-DFA-621
3 4028 08852 4013
HARRIS COUNTY PUBLIC LIBRARY

Sp   Kendri
Kendrick, Sharon.
No desearás a tu marido /
$4.99   ocn913332915

Sharon Kendrick

No desearás a tu marido

WITHDRAWN

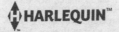

HARLEQUIN™

Editado por Harlequin Ibérica.
Una división de HarperCollins Ibérica, S.A.
Núñez de Balboa, 56
28001 Madrid

© 2015 Sharon Kendrick
© 2015 Harlequin Ibérica, una división de HarperCollins Ibérica, S.A.
No desearás a tu marido, n.º 2415 - 23.9.15
Título original: Carrying the Greek's Heir
Publicada originalmente por Mills & Boon®, Ltd., Londres.

Todos los derechos están reservados incluidos los de reproducción, total
o parcial. Esta edición ha sido publicada con autorización de Harlequin
Books S.A.
Esta es una obra de ficción. Nombres, caracteres, lugares, y situaciones
son producto de la imaginación del autor o son utilizados ficticiamente,
y cualquier parecido con personas, vivas o muertas, establecimientos
de negocios (comerciales), hechos o situaciones son pura coincidencia.
® Harlequin, Bianca y logotipo Harlequin son marcas registradas por
Harlequin Enterprises Limited.
® y ™ son marcas registradas por Harlequin Enterprises Limited y sus
filiales, utilizadas con licencia. Las marcas que lleven ® están
registradas en la Oficina Española de Patentes y Marcas y en otros
países.
Imagen de cubierta utilizada con permiso de Harlequin Enterprises
Limited. Todos los derechos están reservados.

I.S.B.N.: 978-84-687-6240-1
Depósito legal: M-22122-2015
Impresión en CPI (Barcelona)
Fecha impresion para Argentina: 21.3.16
Distribuidor exclusivo para España: LOGISTA
Distribuidor para México: CODIPLYRSA
Distribuidores para Argentina: Interior, DGP, S.A. Alvarado 2118.
Cap. Fed./Buenos Aires y Gran Buenos Aires, VACCARO HNOS.

Capítulo 1

LA DESEABA tanto que casi podía paladearla».
Alek Sarantos sintió un arrebato de deseo mientras tamborileaba con los dedos en el mantel de lino. Las velas flameaban por la brisa que olía a rosas y cambió levemente de posición, pero seguía muy inquieto. Quizá la idea de volver a su disparatado ritmo de Londres le había despertado una voracidad sexual que hacía que la sangre pareciera lava... o quizá fuese ella.

La observó mientras se acercaba entre la hierba y las flores que resplandecían a la tenue luz de una noche de verano. La luna iluminaba un cuerpo cubierto por una camisa blanca y una falda oscura que parecía de una talla pequeña. El mandil ceñido resaltaba sus caderas. Todo era delicado, la piel, el cuerpo... El tupido y sedoso pelo estaba recogido en una trenza que le llegaba a la mitad de la espalda. El deseo era persistente y la entrepierna no tenía nada de delicada, pero, aun así, no era su tipo. Normalmente, las camareras voluptuosas y sonrientes no le excitaban. Le gustaban las mujeres esbeltas e independientes, no sanas y con curvas. Mujeres de mirada dura que se quitaban la ropa interior sin hacer preguntas, que aceptaban sus condiciones. Condiciones que le habían permitido llegar a ser un hombre influyente y sin ataduras domésticas ni familiares. Evitaba a cualquiera que le pareciera delicada, dependiente o dulce. La dulzura no era una virtud que buscara en sus parejas de cama.

Entonces, ¿por qué deseaba a alguien que había estado rondándole toda la semana como a una ciruela madura a punto de caer del árbol? Quizá tuviera algo que ver con el mandil. Quizá fuese un uniforme fetichista que le despertaba fantasías eróticas.

—Su café, señor.

Hasta su voz era delicada. Recordó haber oído su cadencia grave y musical mientras consolaba a un niño que se había caído en uno de los caminos de gravilla. Él volvía de jugar un partido de tenis con el monitor del hotel cuando la vio agacharse al lado del niño con aire imperturbable. Le limpió la sangre de la rodilla con su pañuelo mientras una niñera pálida se quedaba de pie junto a ellos. Entonces, lo vio y, con la voz más serena que había oído en su vida, le dijo que entrase en el hotel y consiguiese un botiquín. Él lo hizo. Estaba más acostumbrado a dar órdenes que a recibirlas, pero volvió con el botiquín y sintió un dolor que le atenazaba las entrañas al ver que el niño la miraba con un brillo de confianza en los ojos llorosos.

En ese momento, se inclinó para dejar la taza de café y se fijó en sus pechos. ¿Cómo serían sus pezones endurecidos y rozándole los labios? Cuando se incorporó, vio que tenía los ojos grises como el estaño, bajo un flequillo casi blanco, y que solo llevaba una cadena de oro muy fina alrededor del cuello y una chapa que ponía *Ellie*. Ellie, además de ser imperturbable con los niños pequeños, se había pasado toda la semana anticipándose a sus necesidades. Eso no era una novedad para él, pero la presencia de ella había sido sorprendentemente poco molesta. No había intentado entablar conversación con él ni deslumbrarlo con frases ingeniosas. Había sido amable y simpática, pero no se había insinuado ni se había ofrecido para enseñarle los alrededores. En resumen, no lo había abordado como habría hecho cualquier otra mujer. Lo había tratado como a todos los huéspedes del hotel de New Forest, y quizá eso fuese lo que lo alteraba. Apretó los labios porque era inusitado que alguien lo tratara como a los demás.

Sin embargo, eso no era lo único que había captado su interés. Tenía algo que no acababa de descifrar. Quizá fuese ambición o un orgullo profesional sin estridencias. ¿Fue eso lo que hizo que la mirara fijamente o fue que le recordaba a cómo era él mismo hacía tanto tiempo que ya ni se acordaba? Él también tenía esa ambición cuando empezó de la nada y servía mesas, cuando tenía muy poco dinero y un porvenir incierto. Había trabajado mucho para huir del pasado y labrarse un porvenir nuevo. Además, había aprendido muchas cosas por el camino. Había creído que el éxito era la solución para todos los problemas, pero se había equivocado. El éxito hacía que el trago fuese menos amargo, pero había que tragárselo en cualquier caso. ¿Se daba cuenta en ese momento, cuando había logrado todo lo que había querido lograr, cuando había superado todos los obstáculos y sus distintas cuentas bancarias estaban rebosantes de una riqueza inimaginable? Independientemente de todo lo que donara a la beneficencia, seguía acumulando más y eso hacía que algunas veces se planteara una pregunta que lo incomodaba y que no sabía contestarse. ¿Solo había eso y nada más?

–¿Desea algo más, señor Sarantos? –le preguntó ella.

La voz de la camarera fue como un bálsamo para él.

–No estoy seguro –contestó él mirando al cielo.

Las estrellas tachonaban el cielo como pintadas por

un artista celestial. La idea de volver a Londres al día siguiente hizo que sintiera un súbito anhelo y la miró a ella.

–La noche es joven.

–Cuando llevas toda la noche sirviendo mesas, las once y media no tienen nada de joven –replicó ella con una sonrisa fugaz.

–Me lo imagino –él se sirvió azúcar en el café–. ¿A qué hora termina?

Ella esbozó una sonrisa vacilante, como si no se hubiese esperado la pregunta.

–Dentro de diez minutos, más o menos.

Él se dejó caer contra el respaldo y la miró con detenimiento. Tenía las piernas ligeramente bronceadas y la suavidad de su piel conseguía que casi se olvidara de lo baratos que eran sus zapatos.

–Perfecto –murmuró él–. Parece que los dioses nos sonríen. ¿Por qué no me acompaña a beber algo?

–No puedo –ella se encogió de hombros–. La verdad es que no debería confraternizar con los clientes.

Él sonrió con dureza. «Confraternizar» era una palabra anticuada que tenía la misma raíz que «hermano». Una palabra que a él le daba igual porque nunca había tenido hermanos, ni nadie que le importara. Siempre había estado solo en el mundo, y eso era lo que le gustaba y como pensaba seguir. Salvo, quizá, en esa noche estrellada que le pedía a gritos un poco de compañía femenina.

–Solo le pido que me acompañe a beber algo, *poulaki mou* –insistió él con delicadeza–. No voy a arrastrarla a un rincón oscuro con intenciones deshonestas.

–Va contra las normas del hotel. Lo siento.

Él notó algo desconocido en la espina dorsal. ¿Se le había acelerado el corazón por la sensación de que le rechazaran algo, aunque fuese algo tan nimio? ¿Desde

cuándo no le rechazaban algo y había sentido ese estremecimiento? Era la sensación embriagadora de tener
que hacer un esfuerzo en vez de saber el resultado desde
el principio.

—Es que me marcho mañana por la tarde.

Ella asintió con la cabeza. Ya lo sabía. Lo sabía todo
el mundo en el hotel. Sabían muchas cosas del griego
multimillonario que había organizado un revuelo desde
que llegó, hacía una semana, a The Hog. Era el hotel más
lujoso del sur de Inglaterra y estaban acostumbrados a
los huéspedes ricos y exigentes, pero Alek Sarantos era
más rico y exigente que la mayoría. Su asistente personal
había mandado una lista con lo que le gustaba y disgus-
taba y todos los empleados habían tenido que estudiár-
sela. Ella, aunque la consideraba un poco exagerada, se
había ceñido escrupulosamente a esa lista porque, si un
empleo compensaba, compensaba hacerlo bien. Sabía
que le gustaban los huevos fritos con la yema blanda
porque había vivido algún tiempo en Estados Unidos.
También sabía que bebía vino tinto y, algunas veces,
whisky. Su ropa había llegado antes que él cuidadosamente envuelta con papel de seda. Incluso, los empleados
habían tenido una reunión preparatoria antes de que él
llegara. Les habían dicho que tenían que dejarlo tranquilo
y que no podían molestarlo bajo ningún concepto, salvo
que él quisiera que lo molestaran. También les habían dicho que era un éxito que alguien como él se alojara en
ese hotel y que tenían que conseguir que se sintiera como
en su casa. Ella se lo había tomado al pie de la letra porque el programa de formación en The Hog le había dado
estabilidad y esperanzas para el futuro. Para alguien que
nunca había sido una buena estudiante, le había ofrecido
una escalera profesional que estaba dispuesta a subir para
poder ser fuerte e independiente. Eso implicaba que, al

revés que las demás mujeres del hotel, había intentado tratarlo con cierta imparcialidad. No había intentado coquetear con él, como habían hecho todas las demás. Era lo bastante pragmática como para conocer sus limitaciones. y Alek Sarantos nunca se interesaría por alguien como ella. Era demasiado redondeada y vulgar, y un playboy internacional nunca la elegiría, ¿por qué iba a fingir lo contrario?

Sin embargo, lo había mirado, naturalmente. Estaba segura de que hasta una monja lo habría mirado porque un hombre como él no pasaba cerca de una persona normal y corriente más de dos veces en la vida. Su rostro curtido era demasiado rudo para calificarlo de guapo y sus labios, aunque sensuales, tenían algo de despiadados. Tenía el pelo como el ébano y la piel como el bronce, pero eran sus ojos los que captaban la atención y hacían que no pudieras mirar hacia otro lado, unos ojos inesperadamente azules que le recordaban a esos mares que veía en los folletos turísticos, unos ojos sarcásticos que conseguían que sintiera... ¿Qué? No estaba segura. Era como si, en un sentido incomprensible, fuesen almas gemelas. Era una sandez que, evidentemente, no debería sentir. Agarró la bandeja con más fuerza. Había llegado el momento de excusarse y marcharse a casa. Sin embargo, él seguía mirándola fijamente como si esperara que cambiase de opinión y esos ojos azules la abrasaron por dentro. Sintió una breve tentación porque no le pasaba todos los días que un griego multimillonario la invitara a beber algo con él.

–Van a dar las doce –comentó ella en tono vacilante.

–Sé leer la hora –replicó él con cierta impaciencia–. ¿Qué pasa si sale después de medianoche?

¿Su coche se convierte en una calabaza?

A ella le sorprendió que conociera el cuento de Cenicienta. ¿Acaso tenían los mismos cuentos en Grecia? Sin embargo, le sorprendió menos que la relacionara con la famosa sirvienta.

–No tengo coche –contestó ella–. Solo una bicicleta.

–¿Vive en un sitio dejado de la mano de Dios y no tiene coche?

–No –ella se apoyó la bandeja en la cadera y sonrió como si estuviera enseñando a sumar a un niño de cinco años–. Una bicicleta es mucho más práctica por aquí.

–Entonces, ¿qué pasa cuando va a Londres o a la costa?

–No voy mucho a Londres y, además, tenemos trenes y autobuses, ¿lo sabía? Se llama transporte público.

Él se sirvió otro terrón de azúcar.

–No usé ningún transporte público hasta que tuve quince años.

–¿De verdad?

–De verdad –él la miró–. Ni un tren ni un autobús. Ni siquiera una línea aérea comercial.

Lo miró fijamente. ¿Qué vida había llevado? Por un instante, tuvo la tentación de mostrarle un poco de la suya. Quizá debiera proponerle que tomaran un autobús al día siguiente por la mañana para ir a Milmouth-on-Sea, o que tomaran un tren a cualquier parte. Podrían beber té hirviendo en vasos de cartón mientras miraban el paisaje por la ventanilla. Estaba segura de que no lo había hecho jamás. Hasta que cayó en la cuenta de que eso sería pasarse de la raya. Él era un multimillonario y ella, una camarera. Aunque algunos huéspedes fingían que eran iguales que los empleados, todo el mundo sabía que no lo eran. A las personas adineradas les gustaba jugar a ser normales y corrientes, pero solo era un juego para ellos. Él le había pedido que se quedara a beber algo, pero ¿qué interés podía tener un magnate como él en alguien como ella? Su estado de ánimo extrovertido, y muy infrecuente, podría evaporarse en cuanto ella se sentara. Sabía que podía ser impaciente y exigente. Los recepcionistas le habían contado que los había vuelto locos cuando perdía la conexión de Internet, aunque, en teoría, estaba de vacaciones y, en su opinión, la gente no debería trabajar cuando estaba de vacaciones.

Sin embargo, se acordó de algo que le dijo la directora cuando entró en el programa de formación del hotel. Había huéspedes poderosos que querían hablar algunas veces y, en esos casos, había que dejarlos. Lo miró a los ojos e intentó pasar por alto el escalofrío que sintió.

—¿Cómo es posible? ¿No montó en un transporte público hasta que tuvo quince años?

Él se preguntó si habría llegado el momento de cambiar de conversación, aunque no le costaba nada hablar con ella. Sin embargo, su pasado era terreno prohibido. Se había criado en una casa palaciega y con todos los lujos posibles, y había detestado cada minuto que había pasado allí. Era una fortaleza rodeada de muros y con perros feroces, un sitio que mantenía encerradas a unas personas y alejadas a las demás. Se investigaba minuciosamente a todos los empleados antes de contratarlos y se les pagaba una barbaridad para que pasaran por alto el comportamiento de su padre. Hasta las vacaciones familiares estaban condicionadas por la paranoia de su padre por la seguridad. Le obsesionaba que la prensa se enterara de algo sobre su forma de vida, le aterraba que algo manchara su fachada de hombre respetable. Empleaba a los guardas de seguridad más experimentados para mantener a raya a los fisgones, a los periodistas y a las examantes. Unos buceadores inspeccionaban los barcos desconocidos antes de que su lujoso yate recibiera el permiso para entrar en un puerto. Él no sabía qué era vivir sin un discreto guardaespaldas pisándole los talones. Hasta que un día se escapó. A los quince años se marchó de su casa y de su pasado y rompió completamente todos los lazos con ellos. Pasó de la opulencia a la penuria, pero recibió su nueva vida con avidez. La fortuna de su padre ya no lo ensuciaría. Se ganaría todo lo que tuviera, y eso era exactamente lo que había hecho. Era de lo único de lo que podía sentirse orgulloso.

Se dio cuenta de que la camarera estaba esperando su respuesta y de que parecía como si ya no tuviera prisa por terminar la jornada.

—Me crié en una isla griega donde no había tren y había muy pocos autobuses.

—Parece idílico.

Su sonrisa se esfumó. Era un tópico. En cuanto decía «isla griega», todo el mundo creía que estaba hablando del paraíso. Sin embargo, las serpientes también acechaban en el paraíso. Un montón de seres torturados vivían en esas cegadoras casas blancas que colgaban sobre el mar azul. Todo tipo de secretos sombríos se escondían detrás de unas vidas normales en apariencia. Él lo había aprendido de la peor forma posible.

—Parecía idílico desde fuera, pero las cosas no suelen ser como parecen cuando escarbas un poco.

—Supongo —comentó ella cambiándose la bandeja de mano—. ¿Su familia sigue viviendo allí?

Él esbozó una sonrisa que le pareció como un cuchillo entrando en cemento húmedo. ¿Su familia? Él no habría elegido esa palabra para describir a las personas que lo criaron. Las rameras de su padre hicieron lo que pudieron, aunque con poco éxito. Aun así, fueron mejores que no tener ninguna madre, que una que lo abandonó y nunca descolgó un teléfono para saber cómo estaba.

—No —contestó él—. La isla se vendió cuando mi padre murió.

–¿Toda la isla? –ella separó los labios–. ¿Quiere decir que su padre era el dueño de una isla?

Notó otra punzada de deseo en las entrañas cuando ella separó los labios. Si él hubiese dicho que tenía una casa en Marte, a ella no le habría asombrado más. Sin embargo, era fácil no darse cuenta de lo solitaria que podía ser la riqueza. Si no tenía ni un coche, no podría ni imaginarse que alguien tuviera una isla. Le miró las manos, vio que tenía las uñas algo descuidadas y, por algún motivo, el deseo fue más intenso. Entonces, se dio cuenta de que no había sido sincero al decirle que no pensaba arrastrarla a un rincón oscuro. Le encantaría hacerlo.

–Lleva tanto tiempo ahí de pie que, seguramente, ya habrá terminado su turno –comentó él con ironía–. Después de todo, podría beber esa bebida conmigo.

–Supongo...

Ella vaciló. Él era muy insistente y eso la halagaba, aunque no sabía por qué lo era. ¿Sería porque había sido casi simpático desde que la ayudó con el niño que se había hecho una herida en la rodilla? ¿Sería porque ella se había resistido a quedarse con él y no estaba acostumbrado? Seguramente. Se preguntó qué se sentiría al ser Alek Sarantos, alguien tan seguro de sí mismo que nadie lo rechazaba.

–¿Qué es lo que te da tanto miedo? ¿Crees que no soy capaz de comportarme como un caballero?

Era uno de esos momentos que podían ser trascendentales en la vida. La Ellie sensata habría negado con la cabeza, le habría dado las gracias, habría dejado la bandeja en la cocina y habría vuelto en bici a la habitación que tenía en el pueblo de al lado. Sin embargo, la luz de la luna y el olor de las rosa hacían que se sintiera todo menos sensata. La última vez que un hombre le pidió que saliera con él, y ese no era el caso, fue hacía más de un año. Había estado trabajando hasta tan tarde que no había tenido muchas ocasiones para salir.

–La verdad es que no lo había pensado –contestó ella mirándolo a los ojos.

–Pues piénsalo ahora. Has estado sirviéndome toda la semana, ¿por qué no me dejas que te sirva yo para variar? Tengo una nevera llena de bebidas que no he tocado. Si tienes hambre, puedo ofrecerte chocolate y melocotones –él se levantó y arqueó las cejas–. ¿Puedo servirte una copa de champán?

–¿Por qué? ¿Está celebrando algo?

–No es obligatorio celebrar algo –él se rio levemente–. Creía que a todas las mujeres les gustaba el champán.

–A mí, no. Las burbujas me hacen estornudar. Tengo que volver a casa en bici y no me gustaría chocarme con algún pobre potrillo que se haya metido en el camino. Creo que prefiero algo suave.

–Claro –él le dirigió una sonrisa extraña–. Siéntate e iré a ver qué encuentro.

Él entró en la villa independiente que estaba dentro de los terrenos del hotel y ella se sentó en una de las butacas de enea mientras rezaba para que no la viera nadie. No debería sentarse en la terraza de un huésped como si pudiera hacerlo. Observó el silencioso césped con un roble enorme. Las flores silvestres que se mecían por la brisa y las luces del hotel brillaban al fondo. El comedor seguía iluminado por las velas y podía ver a algunas personas que seguían tomando café. Los empleados de la cocina estarían fregando apresuradamente para marcharse a sus casas. En las habitaciones, las parejas estarían retirando las chocolatinas de regalo que tenían en las almohadas o probando las profundas bañeras dobles que habían dado fama a The Hog. Le pareció ver algo que brillaba detrás del roble e, instintivamente, se refugió entre las sombras, pero Alek volvió con un refresco de cola para ella y un whisky para él antes de que pudiera descubrir lo que era.

–Supongo que debería haberlos traído en una bandeja –comentó él.

–Y ponerse un mandil –añadió ella después de dar un sorbo.

–A lo mejor podrías prestarme el tuyo...

Era una insinuación para que se lo quitara... Ellie dejó el vaso y se alegró de que la oscuridad disimulara su repentino rubor. La idea de quitarse algo le aceleraba el corazón. La luz de la luna, las rosas y el brillo en los ojos de él hacían que se sintiera vulnerable.

–No puedo quedarme mucho rato –replicó ella precipitadamente.

–No sé por qué, pero no lo esperaba. ¿Qué tal tu refresco?

–Delicioso.

Él volvió a sentarse en su butaca.

–Cuéntame por qué una chica de veinti...

–Tengo veinticinco años –le aclaró ella.

–...de veinticinco años acaba trabajando en un sitio como este –terminó él antes de dar un sorbo de whisky.

–Es un hotel magnífico.

–En un sitio muy tranquilo.

–Me gusta eso. Además, tiene un programa de formación que es famoso en todo el mundo.

–Pero... ¿Y la vida nocturna? Los clubs, los novios, las fiestas... Esas cosas que gustan a la mayoría de las chicas de veinticinco años.

Ella miró los cubos de hielo que él había puesto en el vaso. ¿Debería explicarle que había elegido intencionadamente una vida tranquila que contrastaba con el caos que había dominado su infancia? Un sitio donde podía concentrarse en su trabajo porque no quería acabar como su madre, quien consideraba que la ambición de una mujer debería ser conseguir a un hombre que la mantuviese. Nunca iba a pescar hombres en Internet ni a pasearse por clubs nocturnos. Nunca había tenido una falda ceñida ni un sujetador que le levantara los pechos. Nunca iba a salir con nadie solo por lo que tenía en el billetero.

–Quiero concentrarme en mi profesión. Mi ambición es viajar y voy a conseguirlo. Espero ser directora algún día. Si no aquí, en alguno de los hoteles de la cadena. La competencia es muy fuerte, pero no pasa nada por apuntar alto –dio otro sorbo y lo miró–. Esa soy yo. ¿Y usted?

Alek dio vueltas al vaso de whisky. Normalmente, habría cambiado de conversación porque no le gustaba hablar de sí mismo, pero ella preguntaba las cosas de una manera que hacía que quisiera contestarlas, aunque todavía no sabía por qué.

–Soy un hombre que se ha hecho a sí mismo –contestó él encogiéndose de hombros.

–Pero dijo...

–¿Que mi padre tenía una isla? Es verdad, pero no me dejó a mí su dinero.

Además, si lo hubiese hecho, él se lo habría arrojado a la cara. Antes habría abrazado a la serpiente más venenosa del mundo.

–Todo lo que tengo lo he conseguido por mis medios.

–Y... ¿fue difícil?

La suavidad de su voz era hipnótica. Era como un bálsamo sobre una herida que nunca se había cerrado del todo. ¿Acaso no era eso lo que habían hecho los hombres desde el principio de los tiempos? Bebían un poco demasiado de whisky y se aliviaban con una mujer a la que no volverían a ver.

–Cortar mis ataduras con el pasado fue una liberación –contestó él sinceramente.

Ella asintió con la cabeza como si lo entendiera.

–¿Y empezar otra vez?

–Exactamente. Saber que cada decisión que tomo es solamente mía.

Su móvil empezó a sonar en ese momento. Él lo sacó del bolsillo y miró la pantalla. Le dijo con los labios que era «trabajo» y empezó a hablar en griego, pero pasó al inglés y ella no pudo evitar oírlo. Aunque, si era sincera, le parecía muy interesante escuchar una conversación sobre una operación con los chinos. Además, él dijo algo que le pareció más interesante todavía.

–Estoy de vacaciones y lo sabes. Solo me pareció prudente comentarlo antes con la oficina de Nueva York –él tamborileó impacientemente con los dedos en el brazo de la butaca–. De acuerdo. Te entiendo. De acuerdo –él cortó la conexión y vio que ella estaba mirándolo fijamente–. ¿Qué pasa?

–No es asunto mío –contestó ella encogiéndose de hombros.

–Me interesa.

–¿Nunca deja de trabajar? –preguntó ella dejando el vaso.

Su expresión de enfado dejó paso a una sonrisa, aunque pareció como si le costase esbozarla.

–Curiosamente, eso era lo que estaba diciendo mi asistente. Me ha dicho que no puedo insistir en que los demás se tomen vacaciones si yo no lo hago. Llevaban siglos empeñados en que me tomara estas.

–Entonces, ¿por qué contesta llamadas de trabajo a estas horas?

–Era una llamada importante.

–¿Tan importante que no podía haber esperado hasta mañana?

–En realidad, sí –contestó él con frialdad.

Sin embargo, su corazón había empezado a latir a toda velocidad. Debería estar enfadado con ella por haberse metido donde no la llamaban, pero solo le había parecido de una sinceridad que lo había desarmado. ¿La gente se iba de vacaciones porque salían de su entorno y los zarandeaban? En su vida cotidiana, alguien como Ellie nunca habría podido llegar a juzgar su incapacidad para relajarse. Estaba rodeado de personas que lo mantenían alejado del resto del mundo. Sin embargo, parecía como si el núcleo protector de su vida laboral no tuviese importancia y todo girara alrededor del rostro que tenía delante. Se preguntó cómo sería su pelo si le soltaba la trenza y lo extendía sobre la almohada, qué sentiría al tener debajo su suave cuerpo mientras le separaba las piernas. Terminó el whisky y dejó la copa con la intención de cruzar la terraza para tomarla entre los brazos. Sin embargo, ella se apartó el flequillo en ese momento y el gesto repentino hizo que recuperara el juicio. ¿De verdad había pensado seducirla? Miró sus zapatos baratos, sus uñas sin pintar y el flequillo, que parecía como si se lo cortara ella misma. ¿Se había vuelto loco? Era demasiado dulce para alguien como él.

–Está haciéndose tarde –comentó él con aspereza mientras se levantaba–. ¿Dónde está tu bici?

Ella parpadeó como si no se hubiese esperado esa pregunta.

–En el cobertizo de las bicis.

–Vamos, te acompañaré.

Él vio que le temblaban ligeramente los labios mientras negaba con la cabeza.

–Sinceramente, no hace falta. Voy sola a casa todas

las noches y, seguramente, será mejor que no me vean con usted.

–Voy a acompañarte y no aceptaré una negativa como respuesta.

Él pudo captar la decepción de ella mientras caminaban a la luz de la luna y se dijo a sí mismo que estaba haciendo lo que tenía que hacer. Había un millón de mujeres que podía tomar y lo mejor era mantenerse alejado de esa camarera dulce y sensata.

Llegaron al hotel y ella esbozó una sonrisa forzada.

–Tengo que ir a cambiarme y a recoger el bolso. Buenas noches y gracias por el refresco.

–Buenas noches, Ellie.

Se inclinó para besarla en la mejilla, pero alguno de los dos giró la cabeza y sus bocas se encontraron. Vio que ella abría los ojos, sintió la calidez de su aliento, paladeó el dulzor del refresco de cola y le recordó a una juventud e inocencia que él nunca había tenido. Por mero reflejo, la abrazó y profundizó el beso. Ella dejó escapar un leve gemido de placer que él había oído infinidad de veces. Fue todo lo que necesitaba. Toda su frustración y voracidad se liberaron y la acarició con avidez por todo el cuerpo mientras la llevaba entre las sombras y la apoyaba contra una pared. Soltó un gruñido al notar la delicadeza de su abdomen y quiso mostrarle todo lo que tenía, demostrarle cuánto le gustaría que estuviese muy dentro de ella. Le pasó la palma de una mano por un pezón endurecido y cerró los ojos. ¿Debería introducir la mano por debajo de la falda de su uniforme y comprobar si estaba tan húmeda como se imaginaba? ¿Debería bajarle las bragas y tomarla allí mismo? El gemido de ella casi bastó para que diera rienda suelta a sus anhelos. Casi. Un atisbo de buen juicio se abrió paso en su cabeza y se apartó, aunque el resto de su cuerpo se quejaba a gritos. Pasó por alto las exigencias de sus sentidos como pasó por alto la súplica silenciosa que vio en los ojos de ella. ¿Acaso no valoraba lo bastante su reputación como para hacerlo con una camarera desconocida?

Tardó un momento en recuperar la confianza y en poder hablar.

—Esto no debería haber sucedido.

Ellie sintió como si le hubiera tirado un cubo de agua helada y se preguntó por qué había parado. Él también tenía que haber sentido esa química increíble, esa magia en estado puro. Nadie la había besado así y quería que siguiera.

—¿Por qué no? —preguntó ella antes de que pudiera contener las palabras.

—Porque te mereces más de lo que yo podré ofrecerte jamás. Porque soy el tipo de hombre que menos necesitas. Eres demasiado dulce y yo solo soy un lobo grande y malo.

—Eso debería decirlo yo.

—Vete a casa, Ellie —replicó él con una sonrisa amarga—. Márchate antes de que cambie de opinión.

Algo le ensombreció el rostro y la dejó completamente al margen. Dijo algo brusco y parecido a «adiós», se dio media vuelta y se alejó por la hierba a la luz de las estrellas.

Capítulo 2

ESE con el que te vi anoche era tu novio? La pregunta surgió de la nada y tuvo que hacer un esfuerzo para concentrarse en lo que estaba diciendo la huésped en vez de seguir dándole vueltas a la cabeza. Gracias a la ola de calor, el restaurante estaba lleno y ella se había pasado todo el día de un lado a otro.

Sin embargo, en ese momento, solo quedaba una persona, una rubia muy delgada que estaba bebiéndose la tercera copa de vino blanco. Las había contado porque estaba deseando que esa mujer se marchara y que ella pudiera acabar su turno en paz. Le dolía la cabeza y estaba agotada, seguramente, porque esa noche no había pegado ojo. Se había tumbado en su estrecha cama mirando al techo y pensando en lo que había pasado. Mejor dicho, en lo que no había pasado. Diciéndose que era un disparate que se emocionara por haberse besado con un hombre que no debería haberla besado. Era un multimillonario griego inaccesible para ella. No lo conocía, ni siquiera le había pedido que saliera con él, pero... Se pasó la lengua por los labios, que se le habían secado repentinamente. Todo había sido muy rápido y ardiente. Todavía podía recordar sus manos en sus pechos y su erección dura como una piedra contra el vientre. Por un instante, había creído que iba a intentar tener relaciones sexuales con ella allí mismo... y una parte de ella lo había deseado. Habría sido un error disparatado e impropio de ella, pero en aquel momento, en la oscuridad de esa noche de verano, lo había deseado como no había deseado a nadie. Había visto una faceta de ella que no conocía y que no le gustaba mucho. ¿Una faceta como la de su madre?

La rubia seguía mirándola como si fuese un pájaro hambriento que había visto una lombriz.

—No —contestó Ellie apresuradamente—. No lo es.

—Pero estabas besándolo.

Ella, nerviosamente, consiguió tomar la botella y meterla en el cubo con hielo. Miró alrededor con miedo de que algún empleado pudiera oírlas. Aunque The Hog era famoso por su ambiente relajado y no tenía normas, sí había una que le había retumbado en la cabeza desde el primer día. No se podía intimar con los huéspedes.

—¿De verdad? —preguntó ella con poco convencimiento.

—Lo sabes muy bien —contestó la rubia con un brillo de curiosidad en los ojos gélidos—. Estaba fumándome un cigarrillo detrás de aquel árbol y te vi. Luego, vi que te acompañaba al hotel. No estabais siendo muy discretos precisamente.

Ellie cerró los ojos un instante cuando todo cobró sentido. Eso era lo que había visto detrás del tronco cuando tuvo la sensación de que estaban observándolos. Debería haberse marchado en ese momento.

—Ah...

—Efectivamente, ah... Sabes quién es, ¿verdad?

Ellie se puso rígida cuando un par de ojos azules aparecieron en su memoria y el corazón le dio un vuelco. Sí, era el hombre más impresionante que había visto en su vida, un hombre que hacía que creyera en los cuentos de hadas, en los que no había creído jamás.

—Claro que lo sé. Es... Es...

–Uno de los hombres más ricos del mundo y que suele salir con supermodelos y herederas –intervino la rubia con impaciencia–. Por eso me pregunto qué hacía contigo.

El interrogatorio de la rubia estaba machacándola justo cuando ya se sentía vulnerable, pero no tenía por qué quedarse allí para aguantar esas insinuaciones malintencionadas, por mucho que fuese una huésped.

–No sé qué importancia tiene eso.

–¿No? Él te gustó, ¿verdad? –la rubia sonrió–. Te gustó mucho.

–No beso a hombres que no me gustan –replicó Ellie a la defensiva.

La rubia dio un sorbo de vino.

–¿Sabes que tiene cierta fama? Se le conoce por ser un hombre de acero con un corazón del mismo metal. En realidad, es un malnacido en lo relativo a las mujeres. ¿Qué tienes que decir a eso...? –la rubia se inclinó para leer su nombre en la chapa–. ¿... Ellie?

Ellie quiso decirle que su opinión sobre Alek Sarantos era confidencial, pero no pudo evitar sonrojarse al acordarse de sus manos moviéndose con tanta destreza sobre su cuerpo. En ese momento, era fácil olvidar al huésped adicto al trabajo, exigente, complicado y que no se molestaba en disimular la impaciencia. En ese momento, solo podía pensar en su reacción y en que, si él no se hubiese parado y hubiese hecho lo que era más decente, no sabía qué habría pasado. Aunque la verdad era que sí sospechaba lo que habría pasado. Se mordió el labio inferior al acordarse de su caballerosidad al decirle que se marchara y de que ella casi le había rogado que no la dejara. ¿Por qué no iba a defenderlo?

–Creo que es posible que la gente se confunda con él. En realidad, es casi como un gatito.

–¿Un gatito? –la rubia estuvo a punto de atragantarse con el vino–. ¿Lo dices en serio?

–Sí. Es delicado y una compañía muy buena.

–Estoy segura. Evidentemente, estuvo coqueteando contigo toda la semana.

–No es verdad –Ellie volvió a sonrojarse sin saber por qué–. Solo charlamos de vez en cuando hasta que...

–¿Hasta que...?

Ellie miró fijamente los ojos gélidos de esa mujer. Todo le parecía irreal, como si se lo hubiese imaginado, como si fuese un sueño especialmente vívido que se desvanecería al despertarse.

–Hasta que me pidió que lo acompañara a beber algo porque se marchaba al día siguiente.

–¿Y tú lo hiciste?

–Creo que no hay ni una mujer viva que lo hubiese rechazado –contestó Ellie con sinceridad–. Es... es impresionante.

–Estoy de acuerdo en eso. Y también estoy segura de que besa de maravilla...

Ellie recordó su lengua dentro de la boca y la deliciosa intimidad que había sentido, que, durante unos instantes, se había sentido como si la hubiesen hechizado. Solo había sido un beso, pero...

–De maravilla –reconoció Ellie con la voz ronca.

La rubia no dijo nada durante un rato, pero, cuando habló, lo hizo en un tono desagradable.

–¿Qué dirías si te dijera que tiene una novia que está esperándolo en Londres?

La incredulidad inicial dejó paso a una punzada de decepción al darse cuenta de que se había comportado como una necia. ¿Había llegado a creer que alguien como Alek Sarantos estaba libre y dispuesto a empezar una relación con alguien como ella? ¿Había creído que iba a llegar corriendo a través del césped del hotel para tomarla en brazos, con el uniforme de camarera, como en esa película antigua que siempre le hacía sollozar? ¿Acaso no había esperado que no se hubiese despedido de verdad y que volvería para buscarla? Una oleada de reproches se adueñó de ella. Claro que no iba a volver y claro que tenía una novia. Probablemente, una novia guapa, delgada y rica, una de esas mujeres que podían correr para tomar el autobús sin llevar sujetador. ¿De verdad se había imaginado que ella, la Ellie llena de curvas, podía competir con alguien así? Entonces, no solo se sintió necia, sino que se sintió herida. Intentó imaginarse la reacción de su novia si los hubiese visto juntos. ¿A él no le importaba ni la fidelidad ni jugar con los sentimientos de los demás?

–En ningún momento me dijo que tuviera una novia.

–No iba a decírtelo, ¿verdad? –replicó la rubia–. No es una buena idea que un hombre hable de una novia mientras está haciéndolo con otra.

–¡Pero no pasó nada!

–Pero te habría gustado que pasara, ¿verdad, Ellie? Me pareció muy apasionado desde donde yo estaba.

Ellie sintió náuseas. ¡Había estado a punto de ofrecer un espectáculo sexual en vivo! Quería marcharse, recoger otras mesas y fingir que no había tenido esa conversación. Sin embargo, la rubia podría presentarse en el despacho de la directora y contarle lo que había visto. La despediría por comportamiento poco profesional y ella no podía perder el empleo y la oportunidad profesional de su vida por un beso ridículo.

–Si hubiese sabido que tenía una relación con alguien, yo no habría...

–¿Lo haces muy a menudo con huéspedes?

–Jamás –graznó Ellie.

–Solo con él, ¿eh? –le rubia arqueó las cejas–. ¿Te dijo por qué se conformaba con un... perfil tan bajo?

Ellie dudó. Recordó cómo le sonrió cuando el niño con una herida en la rodilla le rodeó el cuello con los brazos. Recordó lo halagada que se sintió cuando insistió en que tomara algo con él. Había creído que habían tenido una sintonía especial cuando solo la había utilizado como si fuese una de las ofertas especiales del hotel. Con rabia, volvió bruscamente a lo que él le había contado.

–Había estado trabajando noche y día en una operación con los chinos y dijo que sus empleados llevaban siglos empeñados en que se tomase unas vacaciones.

–¿De verdad? –la rubia sonrió–. Vaya, vaya. Después de todo, es humano. Deja de tener miedo, Ellie, no voy a decírselo a tu jefa, pero sí voy a darte un consejo. En el futuro, mantente alejada de los hombres como Alek Sarantos, pueden comerse a alguien como tú de desayuno.

Alek notó algo raro en cuanto entró en la sala de reuniones, pero no pudo decir qué. La operación salió bien, como siempre, pero los chinos regatearon más de lo que había previsto. Sin embargo, se declaró satisfecho cuando se alcanzó la cifra definitiva, aunque vio que un par de chinos sonreían jactanciosamente detrás de sus carpetas. El día no había estado mal. Había comprado una empresa por cuatro perras, la había reflotado y la había vendido con un beneficio más que considerable. Sin embargo, cuando estaban saliendo de la sala de reuniones, la pelirroja que había hecho de intérprete se acercó a él.

–Hola, gatito –le saludó ella imitando un zarpazo.

Había estado con ella hacía un año e incluso la había llevado a la casa que tenía su amigo Murat en Umbría. Sin embargo, parecía que no lo había creído cuando le dijo que lo suyo había sido una aventura esporádica. Cuando terminó, se lo tomó mal, como pasaba algunas veces. Ya no lo llamaba ni le mandaba correos electrónicos llenos de reproches, pero la expresión de sus ojos le indicaba que seguía enfadada.

—¿Puede saberse qué significa eso? —le preguntó él con frialdad.

—Lee los periódicos, tigre —contestó ella guiñándole un ojo—. Te conformas con cualquier cosa, ¿no?

Eso no fue todo. Mientras salía del edificio, vio que una de las recepcionistas se mordía el labio inferior para contener una sonrisa y, una vez en su despacho, llamó a su asistente.

—¿Qué está pasando, Nikos?

—¿Respecto a qué...? —preguntó su asistente con cautela.

—¡Respecto a mí!

—Los periódicos hablan mucho de la operación con los chinos.

—Evidentemente —replicó Alek con impaciencia—. ¿Algo más?

La vacilación de su asistente fue muy elocuente e, incluso, le pareció oír que suspiraba.

—Lo llevaré.

Alek se quedó quieto como una roca mientras Nikos dejaba el artículo en la mesa para que lo leyera. Era un artículo con una foto de archivo de hacía dos años que las publicaciones seguían usando, seguramente, porque tenía un aspecto especialmente amenazador. El titular decía: *¿Ha encontrado oro Alek Sarantos?* Apretó los puños y empezó a leer.

Es posible que uno de los solteros más codiciados de Londres quede fuera de la circulación en breve. El multimillonario que lo convierte todo en oro, y que es famoso por estar siempre rodeado de supermodelos y herederas, fue visto el fin de semana pasado abrazado apasionadamente a una camarera después de beber algo a la luz de las velas en la terraza de su lujoso hotel de New Forest.

Ellie Brooks no es el tipo de mujer que suele gustarle a Alek, pero la bien formada camarera se declaró impresionada por el magnate adicto al trabajo, quien le dijo que necesitaba unas vacaciones antes de su fabulosa operación. Al parecer, ¡el magnate griego se toma muy en serio el descanso!

Además, según Ellie, el sobrenombre de «Hombre de acero» no se ajusta siempre a Alek. «Es un gatito», susurró ella.

Es posible que, de ahora en adelante, sus socios tengan que tenerle preparado un plato con leche...

Miró a Nikos y vio que se pasaba un dedo por dentro del cuello de la camisa mientras se encogía de hombros.

–Lo siento, jefe.

–Salvo que lo hayas escrito tú, no sé por qué ibas a disculparte. ¿Llamaron aquí para contrastar los hechos antes de publicarlos?

–No –Nikos se aclaró la garganta–. Doy por supuesto que no les hizo falta.

–¿Qué quieres decir? –preguntó Alek con furia.

–Que, si lo han publicado sin verificarlo, es porque es verdad –contestó Nikos mirándolo a los ojos.

Alek hizo una bola con el periódico y la tiró a la papelera. Se enfureció más todavía al ver que caía fuera. Efectivamente, era verdad. Había abrazado a una cama-

rera en un lugar público, había pensado con la entrepierna
en vez de con la cabeza. Había hecho algo completamente
impropio de él y los lectores de un periodicucho lo sabían.
Su famosa vida privada ya no era privada. Sin embargo,
lo peor era darse cuenta de que se había descuidado. La
había juzgado muy mal. Quizá hubiese sufrido una inso-
lación pasajera. Si no, ¿por qué iba a haber pensado que
ella tenía algo de especial o que era dulce y sincera? La
reputación que se había labrado con tanto esmero estaba
en peligro por una rubia ambiciosa y sin escrúpulos.

La furia empezó a adueñarse de él. Todos los masajes
y los tratamientos en el spa no habrían servido de nada
si en ese momento tenía la tensión por las nubes. Todos
los fisioterapeutas que le habían aconsejado seriamente
que tenía que relajarse habían perdido el tiempo. Tenía que
estar más machacado de lo que se había imaginado si se
había planteado seriamente acostarse con alguien tan insignificante como ella.

Su humor no mejoró a lo largo del día, pero eso no le
impidió llevar una negociación especialmente complicada para su próxima adquisición. Mostraría al mundo
que no era un gatito precisamente. Pasó el día haciendo
llamadas y a última hora de la tarde bebió algo con un
político griego que quería su consejo. Una vez en su
ático, oyó los mensajes que le habían dejado en el con-
testador y pensó cómo pasar la noche. Tenía un montón
de bellezas a su alcance y solo tenía que llamarlas. Pensó
en esos rostros aristocráticos y en esos cuerpos esbeltos
y se encontró comparándolos con el cuerpo lleno de curvas de Ellie, quien tenía un rostro que, inexplicablemente, había conseguido que sintiera... ¿Qué? Como si
pudiera confiar en ella.

Era un necio dominado por las hormonas. ¿Acaso no
había aprendido esa lección hacía mucho tiempo? Las

mujeres eran los seres vivos en los que menos se podía confiar.

Había dedicado años a construirse un personaje implacable, pero justo, en el mundo de los negocios. Tenía fama de enérgico y profesional, de tener visión y de ser digno de confianza. Despreciaba el «famoseo» y valoraba su intimidad. Elegía con cuidado a sus amigos y a sus amantes. No permitía que intimaran demasiado y nadie daba jamás una entrevista sobre él. Hasta esa pelirroja, resentida en su momento, tuvo el juicio suficiente de alejarse y lamerse las heridas en privado. Sin embargo, Ellie Brooks lo había traicionado. Una camarera a la que había tratado como a una igual y a la que había besado, cometiendo un error, había dado una entrevista barata a una periodista. Además, ni siquiera se había dado el placer de poseer su suave cuerpo. Equivocadamente, había creído que era demasiado dulce, pero lo había vendido por un plato de lentejas. Él había sido íntegro y decente al no seguir y mandarla a su casa y ella se lo agradecía así. Apretó los dientes con la misma fuerza que el delicioso anhelo que sintió en las entrañas. Quizá no fuese demasiado tarde para hacer algo al respecto.

Capítulo 3

LO SIENTO Ellie, pero no tenemos más alternativa que desprendernos de ti». Esas palabras seguían retumbándole en la cabeza. Iba en bici hacia el albergue de los empleados y pensaba en la atroz entrevista que acababa de tener con la directora de personal de The Hog. Claro que tenían una alternativa, pero no habían querido tomarla. Podrían haberla apartado discretamente hasta que todo el lío se hubiese pasado. Intentó asimilar lo que le habían dicho. Le pagarían el sueldo de un mes y le permitirían que conservara la habitación del albergue durante cuatro semanas.

–No queremos parecer desalmados por dejarte en la calle –le había dicho la mujer de recursos humanos con una expresión de pena que parecía sincera–. Si no hubieses sido tan indiscreta con un cliente tan importante, quizá hubiésemos podido pasar por alto el incidente y conservarte, pero me temo que no podemos después de que el señor Sarantos presentara una queja tan hiriente. Tengo las manos atadas y es una lástima, Ellie, porque prometías mucho.

Ella salió del despacho asintiendo con la cabeza porque, al fin y al cabo, estaba de acuerdo con lo que le había dicho la directora. Incluso, sintió cierta lástima hacia la mujer que había parecido tan incómoda por tener que despedirla.

No podía creerse que hubiese sido tan estúpida. Se

había comportado inadecuadamente con un huésped y lo había rematado hablando de ello con una mujer que había resultado ser una periodista de un periódico sensacionalista ínfimo. Se agarró con fuerza al manillar y miró hacia delante. Al parecer, ese era el motivo de su despido. Había defraudado la confianza con un cliente importante. Se había ido de la lengua y Alek Sarantos estaba subiéndose por las paredes. Según decían, las líneas telefónicas echaron humo cuando llamó para quejarse. El día estaba encapotado y oyó un trueno a lo lejos mientras paraba delante del albergue donde vivían los empleados recientes de The Hog. Aseguró la bici a uno de los barrotes y abrió la puerta. Su nombre estaba junto a uno de los diez timbres, pero no tardaría mucho en desaparecer. Tenía un mes para encontrar otro alojamiento. Un mes para encontrar otro empleo. Era un panorama desalentador tal y como estaba el mercado laboral. ¿Quién iba a emplearla?

Oyó el estruendo amenazador de otro trueno mientras recorría el pasillo para llegar a su cuarto. Encendió la luz. El día era oscuro y húmedo y se presentaba interminable mientras llenaba el hervidor de agua y se sentaba en la cama para esperar a que hirviera. ¿Qué podía hacer? Miró los carteles de París, Nueva York y Atenas que colgaban de la pared. Lo sitios que había pensado visitar cuando fuese alguien importante en la hostelería, algo que, probablemente, no ocurriría jamás. Debería haber pedido referencias y se preguntó si el hotel se las daría todavía. Alguna referencia que destacara sus virtudes... ¿o harían que pareciera alguien dispuesto a tentar a huéspedes ricos?

Sonó el timbre y dio un respingo, pero la sensación de que todo eso no podía estar pasando en realidad le dio una esperanza. ¿Era un disparate pensar que la gran jefa del hotel había revocado la decisión de la directora de recursos humanos, que solo había sido una tontería aislada y que era demasiado valiosa como para prescindir de ella? Se alisó el pelo con las manos y corrió por el pasillo para abrir la puerta de la calle. El corazón se le paró cuando vio quién estaba allí. Parpadeó como si fuese una aparición fruto de su imaginación calenturienta. Tenía que ser eso porque, si no, ¿qué hacía Alek Sarantos en la puerta de su casa? Tenía unas gotas en el pelo negro y la piel le brillaba como si alguien se hubiese pasado toda la mañana sacando brillo a un bronce. Se había olvidado de lo deslumbrantes que eran sus ojos azules, pero captó algo levemente inquietante en esa profundidad de color zafiro. Además, y a pesar de la perplejidad, notó la reacción instintiva de su cuerpo. Los pechos se le endurecieron como si se diesen cuenta de que era el hombre que podía proporcionarle mucho placer solo con tocarlos. Notó que se sonrojaba.

–Señor Sarantos... –dijo ella más por costumbre que por otra cosa.

–Por favor, creo que nos conocemos lo suficiente como para que me llames Alek, ¿no? –replicó él con delicadeza.

Esa intimidad la alteró más todavía que su presencia y tuvo que agarrarse con fuerza al picaporte para mantenerse de pie. Un trueno retumbó más cerca y le pareció lo más indicado.

–¿Qué... haces aquí?

–¿No se te ocurre nada? –preguntó él en un tono aterciopelado.

–¿Regodearte con que hayas conseguido que perdiera el empleo?

–En absoluto –contestó él sin alterarse–. Lo has conseguido tú solita. ¿Vas a dejarme entrar?

Ella se dijo que podría cerrarle la puerta en las narices y dar por zanjado el asunto, pero ¿tiraría él la puerta abajo? Parecía capaz y, además, sentía curiosidad por saber qué lo había llevado allí.

–Si insistes...

Le dio la espalda y volvió sobre sus pasos por el pasillo. Oyó que cerraba la puerta y la seguía, pero tuvo que llegar a su cuarto para preguntarse por qué había sido tan tonta de dejarle que se metiera allí. Con su físico imponente y sus ojos como piedras preciosas, dominaba ese espacio tan pequeño como si fuese un tesoro vivo y que respiraba. Parecía inmenso e intimidante, era el hombre alfa más impresionante que había visto, y eso hacía que se sintiera incómoda en todos los sentidos. Ese anhelo meloso volvía a adueñarse de ella y deseaba besarlo otra vez. Se le secaron los labios por la reacción de su cuerpo y se los lamió, pero eso solo empeoró el anhelo.

El hervidor de agua empezó a soltar vapor y el cuarto se convirtió en una sauna. Notó que le caía sudor por la espalda y que la camisa se le pegaba a la piel.

–¿Qué quieres?

Alek no contestó inmediatamente. Su furia se había visto temporalmente eclipsada por encontrarse en un tipo de lugar que no había visto desde hacía mucho tiempo. Era un cuarto pequeño y limpio con la planta de rigor en la ventana, pero tenía algo anodino que esos carteles baratos no podían disimular. Hacía mucho tiempo que no veía una cama tan estrecha, y tuvo que pagar el precio de una punzada de deseo por haberse fijado en ella. Sin embargo, había vivido en un cuarto como ese. Cuando empezó, siendo mucho más joven que ella, había dormido en los sitios más lúgubres e inhóspitos. Había trabajado noche y día a cambio de muy poco dinero para pagarse un techo.

La miró, recordó cómo había reaccionado su cuerpo a ella aquella noche e intentó convencerse de que había sido una aberración momentánea. Era normal y corriente. Si se hubiese cruzado con ella por la calle, no la habría mirado. Los vaqueros no la favorecían y la camisa, tampoco. Sin embargo, los ojos parecían de plata y unos mechones se le escapaban de la coleta. A pesar de la implacable luz artificial, parecía rodeada de un halo rubio, casi blanco. ¿Un halo? Hizo una mueca. No se le ocurría nadie menos angelical...

–Vendiste esa historia –le acusó él.

–No vendí nada, nadie pagó nada.

–Entonces, ¿estás diciendo que la periodista es una vidente?

–No digo eso. Ella estaba fumando un cigarrillo detrás de un árbol y nos vio.

–¿Quieres decir que todo estaba preparado? –preguntó él inexpresivamente.

–¡Claro que no estaba preparado! –lo miró con furia–. ¿Crees que lo preparé todo para que me despidieran? Un poco retorcido, ¿no te parece? Me parece que lo más típico es que te pillen metiendo la mano en la caja.

–Entonces dio la casualidad de que ella estaba allí... –replicó él con incredulidad.

–¡Sí! –exclamó ella con rabia–. ¡Era una huésped! ¡Al día siguiente me arrinconó en el restaurante mientras la servía y no pude evitar hablar con ella!

–Podrías haber dicho que no tenías nada que decir. No tenías por qué irte de la lengua y llamarme gatito para dañar mi reputación profesional y mi credibilidad. No tenías por qué desvelar lo que habías oído mientras, evidentemente, estabas escuchando mi conversación telefónica.

–¿Cómo no iba a oírla si la contestaste delante de mí?

–Ya, pero ¿qué derecho tenías a repetirla? –le preguntó él mirándola con el ceño fruncido.

–¿Y qué derecho tienes tú a venir aquí a acusarme de esa manera?

–Estás eludiendo el asunto, Ellie. ¿Vas a contestar mi pregunta?

Se hizo un silencio tenso hasta que ella volvió a hablar.

–Me dijo que tenías una novia.

–¿Te pareció que eso te daba derecho a cotillear sobre mí cuando sabías que podría llegar a la prensa? –preguntó él con las cejas arqueadas.

–¿Cómo iba a saber que era una periodista?

–¿Quieres decir que siempre eres así de indiscreta?

–¿Quieres decir que eres un desenfrenado sexual?

Él tomó aliento con rabia.

–Da la casualidad de que no tengo novia. Si la tuviera, no te habría besado. Valoro mucho la fidelidad, Ellie. En realidad, la valoro más que a cualquier otra cosa. Tú, en cambio, pareces no saber el significado de esa palabra.

Ella se quedó petrificada por la frialdad de su mirada. Había cometido un error, pero había sido un error involuntario, no había querido ensuciar su preciada reputación.

–De acuerdo –concedió ella–. Hablé de ti cuando no debería haberlo hecho y conseguiste que me despidieran. Creo que estamos en paz, ¿no?

–No del todo –contestó él mirándola a los ojos.

Ella también lo miró y sintió un estremecimiento. Sus ojos tenían algo inquietante, algo que reflejaba la repentina tensión de su cuerpo. Sabía lo que estaba pensando hacer y sabía que era un error. Entonces, ¿por qué no le decía que se marchara? Porque no podía. Había soñado con un momento así, había deseado a Alek Sarantos más de lo que creía que se podía desear a alguien y esa sensación no había cambiado, si acaso, había aumentado. Notó que estaba temblando cuando él se acercó y la abrazó. Su expresión de rabia hacía que pareciera como si estuviera haciendo algo que no quería hacer y ella sintió un ligero arrebato de resistencia. ¿Cómo se atrevía a hacer algo así? Pensó en soltarse, pero la necesidad de que volviera a besarla se imponía sobre todo lo demás. Quizá fuese inevitable, como los truenos que habían retumbado durante todo el día. Sabía que, antes o después, la tormenta acabaría cayendo.

Bajó su boca ávida y las manos que deberían haberlo apartado lo agarraron de los hombros. Lo besó con la misma avidez. Era celestial e infernal al mismo tiempo. Quería herirlo por haber hecho que la despidieran, quería devolverle todas las acusaciones que le había hecho a ella, quería que sofocara ese anhelo espantoso que sentía en lo más profundo de su ser.

Alek se estremeció al oír el leve gemido que ella dejó escapar y quiso bajarle los vaqueros y hacerlo allí mismo, dejarse llevar por lo que los dos deseaban y saciar esa maldita voracidad para que lo dejara tranquilo. Aunque, quizá, debería darse media vuelta, marcharse y buscarse a otra, una fría e inmaculada, no una ardiente y desaliñada por haber estado montando en bici el día más caluroso del año. Sin embargo, era increíblemente delicada entre sus brazos, como un buñuelo cuando lo tomaba entre los dedos y se le hacía la boca agua solo de pensar en la dulzura del primer bocado. Apartó los labios y la miró a los ojos plateados.

–Te deseo.

Vio que a ella le temblaban los labios mientras los separaba como si fuese a decirle los innumerables motivos por los que no podía tenerla. Entonces, los ojos se le oscurecieron y empezó a sonrojarse mientras lo miraba sin disimular lo que sentía.

–Yo también te deseo.

Fue como dinamita. Nunca había sentido algo parecido y volvió a besarla. El beso le despertó un deseo que siguió hasta que los dos se quedaron sin respiración, hasta que apartó la boca para poder tomar una bocanada de aire entrecortada. Ella tenía los ojos oscuros y muy abiertos y le temblaban los labios. Con cierta sensación de haber perdido el dominio de sí mismo, le abrió la camisa y le miró los pechos con incredulidad.

–*Theo* –susurró él–. Tus pechos son magníficos.

–¿De... verdad?

–Son más de lo que había soñado que serían.

–¿Has soñado con mis pechos?

–Todas las noches.

Le pasó un dedo por una de las generosas curvas y oyó que ella gemía cuando bajó los labios sobre el mismo punto. Justo entonces, ella le puso una mano en el trasero cubierto por los vaqueros como si así la diera permiso para seguir. Él gruñó, se incorporó para besarla otra vez y ya no pudo parar. Cuando ella empezó a retorcerse con frustración, él le quitó la cinta elástica que le sujetaba el pelo casi blanco y le pareció saludable y anhelante, le pareció... una mujer. Delicada y con curvas, cálida y entregada.

Le temblaron las manos mientras la desvestía. Luego, la tumbó en la estrecha cama y se desnudó sin dejar de mirarla. Con las manos todavía temblorosas, buscó la cartera y, gracias a Dios, encontró un preservativo. Se lo puso con torpeza, como si fuese la primera vez, se acercó y le apartó el tupido pelo. Entonces, entró con un grito que le salió incontenible de la garganta. Se movió den-

tro de ella y se sintió casi en un cielo muy dulce. Tuvo
que pensar en cosas como fusiones y adquisiciones para
contenerse y le pareció que ella tardó una eternidad en
arquear la espalda... e, inexplicablemente, empezó a llorar. Entonces, él no se contuvo más, aunque el regusto
salado de sus lágrimas lo inquietaron un instante. En ese
momento, un trueno desgarró el cielo, la lluvia empezó
a golpear contra el cristal y su cuerpo se estremeció con
el orgasmo más largo de su vida.

Capítulo 4

ELLIE puso el cartel de «Cerrado» y empezó a limpiar las vitrinas de la pastelería. Amontonó cajas de cartón, barrió el suelo y se quitó el mandil. Luego, fue al fondo de la pequeña tienda y lloró. Las lágrimas le cayeron a raudales mientras se tapaba la cara e intentaba convencerse de que eran liberadoras, pero solo podía preguntarse qué había pasado para que su vida se hubiese convertido de repente en una pesadilla. Sabía que había tenido suerte por haber encontrado trabajo y alojamiento tan pronto en Candy's Cupcakes. Sabía que había sido doblemente afortunada porque la amable Bridget Brody le había tomado simpatía y no le había importado el bochornoso despido. Sin embargo, le costaba pensar en la gratitud en ese momento. En realidad, solo podía pensar en que no podía hacer algo solo porque quería hacerlo, por mucho que lo quisiera. Le pesaron los pies mientras subía al pequeño apartamento que había encima de la tienda, pero le pesaba más el corazón.

El espejo de la sala estaba colgado de tal manera que no podía dejar de verse en él, salvo que cerrara los ojos. El saludable bronceado que consiguió al trabajar en el jardín de The Hog se había esfumado hacía mucho tiempo. Tenía la cara demacrada y los pechos hinchados, y la piel parecía colgarle del cuerpo. Había adelgazado. No podía comer nada antes de mediodía porque no paraba de vomitar. No necesitaba ver las dos líneas azules del palito de plástico para confirmar lo que ya sabía. Estaba embarazada de Alek Sarantos y no sabía qué iba a hacer al respecto. Se dejó caer en un butacón con la mirada perdida. La verdad era que sí sabía qué podía hacer. Tenía que decírselo. Le daba igual lo que ella sintiera y que el multimillonario griego no hubiese dado señales de vida desde que se marchó de su cuarto y la dejó desnuda en la cama. No se trataba solo de ella. Sabía lo que era no tener padre ni una auténtica identidad, como si solo fuese media persona e invisible. Eso no iba a pasarle a su hijo.

Sin embargo, ¿cómo podía decirle a alguien que estaba esperando un hijo suyo cuando él había desaparecido en cuanto tuvo el orgasmo? Recordó aquel momento espantoso, cuando abrió los ojos y vio a Alek Sarantos encima de ella en la cama del albergue. Su cálida piel se pegaba a la de ella y respiraba como si hubiese participado en una carrera. En un sentido meramente físico, el cuerpo de ella resplandecía por la experiencia sexual más increíble de su vida, aunque tampoco podía compararla con muchas. Se sentía como si estuviese flotando y quería quedarse donde estaba para que ese momento no terminara jamás. Por desgracia, la vida no era así y no sabía por qué había cambiado todo. Estaban tumbados en silencio mientras la lluvia golpeaba en la ventana. Era como si todas sus vidas estuviesen contenidas en ese cuartito. Podía notar los latidos de su corazón que se apaciguaban y la calidez de su aliento en el cuello. Quería dar saltos de felicidad. Naturalmente, había tenido otra relación, pero nunca había sentido esa plenitud. ¿Él también la sintió? Le pasó las yemas de los dedos por el pelo con unas caricias delicadas y rítmicas y fue entonces cuando captó algo inconfundible en el rostro de él, que había cometido el error más grande de su vida. Lo vio en esos cautivadores ojos azules, que pasaron de estar velados por la satisfacción a adquirir una frialdad gélida cuando se dio cuenta de dónde estaba y con quién. Con una mueca de disgusto que no se molestó en disimular, se apartó de ella, se cercioró de que el preservativo seguía intacto en su sitio y se lo quitó. Recordó que le abrasaron las mejillas y que no supo qué hacer. Intentó encontrar la mejor manera de sobrellevar la situación, pero su experiencia con los hombres era escasa y más escasa todavía con griegos multimillonarios. Decidió que lo mejor era mantener la calma. Tenía que darle a entender que no se hacía ilusiones de subir al altar con un traje blanco solo porque se habían acostado juntos, comportarse como si hacer el amor con un hombre al que apenas conocía no fuese algo especial. Se recordó que lo que habían hecho había sido por rabia y, quizá, lo mejor hubiera sido que no hubiese pasado de ahí. Si no se hubiera convertido de repente en un arrebato de pasión desconcertante, quizá no estuviese tumbada allí y deseando que él se quedara y no se marchara jamás, quizá no estaría empezando a entender un poco más a su madre y a preguntarse si eso era lo que ella había sentido cuando estaba tumbada al lado de su amante casado y había perdido parte de su corazón por él, aunque tenía que haber sabido que era el hombre equivocado.

Recordó que había fingido sueño, que había parpadeado como si le costase mantener los ojos abiertos. Lo oyó recoger la ropa y vestirse. Entreabrió un poco los ojos y vio que él miraba a todas partes menos a ella, como si no pudiese soportar mirarla.

–Alek...

Ella lo dijo con el desenfado suficiente como para darle a entender que no le importaría verlo otra vez, pero no tanto como para que él creyera que lo atosigaba.

Él ya estaba completamente vestido, aunque desaliñado. Era raro ver a ese poderoso multimillonario en su cuarto y con la camisa arrugada. Se pasaba los dedos por el pelo despeinado y la piel le brillaba por el esfuerzo, pero sus ojos estaban fríos como el hielo. Vio que buscaba las llaves del coche en el bolsillo, o quizá estuviese comprobando que seguía teniendo la cartera.

–Ha sido increíble –el corazón estuvo a punto de salírsele del pecho–, pero un error. Creo que los dos nos damos cuenta de eso. Adiós, Ellie.

Entonces, se marchó y ella se quedó sintiéndose ridícula. Ni siquiera dio un portazo y, por algún motivo, eso le pareció más humillante todavía, fue como si a él solo le importara cerrar la puerta sin estridencias. Se quedó inmóvil durante un siglo entre las sábanas arrugadas y mirando las gotas de lluvia que caían por la ventana como lágrimas gigantes. ¿Por qué lloró después? ¿Porque había sido perfecto? Eso era lo más ridículo de todo. Lo había sido, había sido como todo en lo que, escépticamente, nunca había creído. Él había conseguido que sintiera algo que no había sentido antes, como si fuese impresionante y hermosa. ¿Hacía eso a todas las mujeres con las que se acostaba? Naturalmente. Era como jugar al tenis o al póquer, si lo practicabas bastante, acababas jugando muy bien.

Fue a ducharse en el cuarto de baño compartido que había en el pasillo para intentar lavarse los recuerdos, pero las imágenes de Alek parecían haberse grabado en su cabeza. Pensaba en él en los momentos menos adecuados del día y de la noche y recordaba cómo la había acariciado. Además, aunque lo más probable era que el tiempo hubiese borrado esos recuerdos, ya no tendría

tiempo de comprobarlo porque el período se había re-
trasado. Mejor dicho, el período no le había llegado y
era puntual como un reloj suizo. Tenía náuseas en los
momentos más inoportunos y sabía que no podía seguir
posponiéndolo. Iba a tener que decírselo en ese momento. Encendió el viejo ordenador y buscó la corpo-
ración Sarantos, que, al parecer, tenía oficinas en todo
el mundo. Rezó para que él siguiera en Londres, entró
en la página de la empresa y leyó que la tarde anterior
había pronunciado un discurso sobre fusiones y adquisiciones en un simposio de la City. Aunque hubiese sabido la dirección de su casa, que, naturalmente, no sabía,
tenía más sentido ir a su oficina. Recordó que le había
contado que siempre se quedaba hasta tarde. Iría allí,
diría que tenía que decirle algo importante y estaba segura de que la escucharía aunque solo fuese por curiosidad. ¿Y si no la escuchaba? Entonces, su conciencia
se quedaría tranquila porque al menos lo habría intentado.

El miércoles era su día libre y fue en tren a Londres
en otro de esos días húmedos y pegajosos que estaban
siendo tan frecuentes ese verano. Su mejor vestido de
algodón parecía un harapo cuando se bajó en la estación
y tomó el metro para ir a la City. Encontró fácilmente
el edificio Sarantos, era una torre de cristal y acero que
se elevaba hacia el cielo sin nubes. Mucha gente salía
por las puertas giratorias y ella se refugió entre las sombras para verlos dirigirse a los bares cercanos o al metro. ¿Cómo era posible que las mujeres pareciesen tan
estilosas con ese calor agobiante y cómo era posible que
anduviesen tan deprisa con esos tacones como rascacie-
los que llevaban? Entró por fin en el vestíbulo y el aire
acondicionado fue como una bendición. Vio una mujer
esbelta que la miraba desde el mostrador de recepción,

pero se dirigió hacia los sofás de cuero que había en un rincón y se sentó en uno con sensación de alivio. Un guarda de seguridad que no había visto hasta ese momento se acercó a ella.

–¿Puedo ayudarla?

Ellie se apartó el flequillo de los ojos y esbozó una sonrisa forzada.

–Estoy esperando a mi... amigo.

–¿Cómo se llama su amigo?

¿Se atrevería a decirlo? Sin embargo, ¿acaso no era verdad que estaba esperando un hijo que un día podría ser el jefe de esa empresa tan poderosa? Tomó aire y se dijo que tenía todo el derecho del mundo a estar allí.

–Se llama Alek Sarantos.

El guarda, para sorpresa de ella y mérito de él, ni se inmutó ni intentó sacarla de allí, se limitó a asentir con la cabeza.

–Comunicaré a su despacho que está aquí –dijo él antes de dirigirse al mostrador de recepción.

Iba a decírselo, pensó ella mientras caía en la cuenta de le realidad. Llamaría a su despacho y diría que una chiflada acalorada estaba esperándolo en el vestíbulo. Todavía podía largarse. Habría desaparecido antes de que Alek hubiese llegado allí. Podría volver a New Forest, seguiría trabajando en Candy's Cupcakes y conseguiría salir adelante con su bebé.

Sin embargo, eso no era suficiente. No quería criar a un hijo de mala manera. No quería comprar la ropa en tiendas de segunda mano ni aprender cien maneras de sacar partido a una bolsa de lentejas. Quería que su hijo estuviese bien alimentado, que tuviese zapatos nuevos cuando los necesitara y que no tuviese que preocuparse por si tenía dinero para pagar la renta. Ella sabía muy bien lo penoso que podía ser todo eso y...

–Ellie...

Un pronunciado acento griego se abrió paso entre sus pensamientos, levantó la cabeza y vio a Alek Sarantos con el guarda de seguridad al lado. Él había dicho su nombre con cierto tono de sorpresa, y de fastidio. Ella supuso que tendría que levantarse, que tendría que hacer algo en vez de quedarse ahí sentada como un saco de patatas abandonado. Se pasó la lengua por los labios e intentó sonreír, pero no lo consiguió. Además, ¿no era un disparate que pudiera mirar a alguien que la miraba con el ceño fruncido y, aun así, desearlo? ¿Acaso no la había traicionado ya una vez su cuerpo como para que, encima, sintiera un vergonzoso hormigueo a pesar de que nunca lo había visto tan intimidante como con ese impecable traje hecho a medida? Tenía que mantener la calma y actuar como una mujer adulta.

–Hola, Alek –le saludó ella con una sonrisa que esperó que pareciese amigable.

Él no reaccionó. Sus ojos azules eran fríos. No, gélidos sería una temperatura más precisa.

–¿Qué haces aquí?

Él se lo preguntó casi con amabilidad, pero eso no disimuló el tono acerado de su voz y ella pudo ver que el guarda de seguridad se ponía rígido, como si previera que algo desagradable se avecinaba. También se preguntó qué pasaría si se limitaba a decirle que estaba esperando un hijo suyo, que iba a ser padre. Eso le borraría esa expresión gélida con toda certeza. Sin embargo, algo la detuvo. Algo que le pareció instinto de conservación y orgullo. No podía permitirse reaccionar sin más, tenía que pensar. Por ella y por el bebé. Para él, ya lo había traicionado con la periodista y eso había conseguido que saltara. No podía hablarle de su inminente paternidad cuando había un guarda como un armario de tres cuerpos que estaba tensando los músculos. Tenía que darle la oportunidad de oír la noticia en privado, se lo debía.

–Si no te importa, preferiría hablar contigo en privado –contestó ella sin inmutarse a pesar de esa mirada azul y amenazadora.

Alek sintió una repentina oscuridad alrededor del corazón cuando el rostro de ella se lo dijo todo. Intentó convencerse de que sus pensamientos se habían vuelto locos por la impresión de encontrarla allí, pero sabía que no era verdad porque, naturalmente, había pensado en ella. Incluso, se había planteado verla otra vez. ¿Por qué no iba a querer repetir la mejor relación sexual que podía recordar? Ojalá hubiese sido tan sencillo, pero la vida casi nunca lo era.

Recordó cómo se quedó tumbado y somnoliento con la cabeza apoyada en su hombro mientras los dedos de ella, sus delicados dedos, le habían acariciado el pelo. Le había parecido tranquilizador y chocantemente íntimo, le había despertado algo desconocido dentro de él, algo tan amenazador que lo había desquiciado. Había sentido que las paredes se cerraban sobre él, como estaban cerrándose en ese momento.

Intentó convencerse de que podía estar equivocado, que no podía ser lo que más temía. Sin embargo, ¿qué podía ser si no? Ninguna mujer en su situación se presentaría así y permanecería impasible mientras él la retaba si no tenía un as en la manga. Sobre todo, cuando la había abandonado sin darle un beso siquiera y sin prometerle que volvería a llamarla. Le daba la sensación de que Ellie tenía suficiente orgullo como para no ir a rogarle que volviera a verla. Había sido fuerte, una igual entre sus brazos y fuera de ellos a pesar de lo distintas que eran sus circunstancias personales.

Se fijó en sus ojeras y le pareció demacrada. Apretó los dientes y una oleada de rabia contra sí mismo se adueño de él. Iba a tener que escucharla, tenía que oír lo que quería decirle, tenía que descubrir si era verdad lo que se temía. Empezó a darle vueltas a la cabeza y pensó en llevarla a una cafetería cercana, pero habría demasiada gente. ¿Debería llevarla a su despacho? Sería más fácil librarse de ella que si luego tenía que llevarla a su casa. No quería llevarla a su casa, solo quería que saliera de su vida y olvidarse de que la había conocido.

—Será mejor que subas a mi despacho.

—De acuerdo —aceptó ella en un tono tenso.

Le pareció incómodo subir en el ascensor en silencio, pero no quería empezar una conversación de ese cariz en un espacio tan reducido y ella parecía pensar lo mismo. Lo siguió cuando se abrieron las puertas y entraron en el despacho de Nikos.

—No me pases llamadas —le ordenó a su perplejo asistente.

—De acuerdo, jefe.

Una vez en su amplio despacho con vistas a todo Londres, pensó en lo fuera de lugar que parecía ella con ese vestido de algodón estampado con flores y sus piernas tan blancas. A pesar de que no llevaba casi maquillaje y de la coleta que le caía por la espalda, seguía teniendo algo que hacía que el cuerpo se le tensara con una reacción primitiva que no podía entender. Aunque estaba pálida y había adelgazado, una parte de él seguía queriendo arrastrarla al sofá de cuero que había en un rincón y perderse dentro de su suavidad dulce como la miel.

—Siéntate.

—No hace falta —ella vaciló como si estuviese en una fiesta equivocada y no supiese explicárselo al anfitrión–. Seguramente, querrás saber por qué me he presentado así y...

–Sé muy bien el motivo.

Nunca le había costado tanto mantener la voz serena, pero sabía que, psicológicamente, era mejor decirlo él a que se lo dijeran a él, conservar el control.

–Estás embarazada, ¿verdad? –le preguntó con una tranquilidad que no se correspondía con el miedo que le atenazaba las entrañas.

Ella se tambaleó y tuvo que agarrarse a la mesa. Él, a pesar de la rabia, cruzó el despacho, la sujetó de los hombros y notó que los dedos se hundían en su delicada carne.

–Siéntate –repitió él mientras la sentaba en una butaca.

–No quiero sentarme –replicó ella con la voz temblorosa.

–Y yo no quiero que te desmayes en mi despacho.

Sin embargo, la soltó como si corriera el riesgo de volver a comportarse como el necio más grande de la tierra. Solo quería que ella fuese un recuerdo que olvidaría rápidamente, pero eso no iba a suceder por el momento.

–¡Nikos!

Nikos apareció en la puerta sin poder disimular la sorpresa por ver a su jefe inclinado sobre una mujer que estaba medio derrumbada en una butaca.

–Tráeme agua –le pidió en griego–. Deprisa.

El asistente volvió al cabo de unos segundos con un vaso de agua y la curiosidad reflejada en los ojos.

–¿Desea algo más, jefe?

–Nada –contestó Alek tomando el vaso–. Déjanos y no me pases llamadas.

Nikos se marchó y cerró la puerta. Alek le acercó el vaso a los labios y ella lo miró con recelo y el cuerpo en tensión. Ellie le recordó a un gatito perdido que llevó una vez a su casa cuando era un niño. Era un saco de huesos lleno de pulgas y él consiguió, con mucho esfuerzo, que llegara a estar sano y resplandeciente. Se sintió orgulloso y fue algo que podía cuidar en aquella casa como un mausoleo. Hasta que su padre lo descubrió y... De repente, sintió como si una zarpa le atenazara la garganta. ¿Por qué se acordaba de eso en ese momento?

–Bebe –dijo él en tono hosco–. No es veneno.

Ella lo miró a los ojos, pero el recelo había dejado paso a un brillo desafiante.

–Aunque, probablemente, a ti te gustaría que lo fuese –replicó ella.

Él no contestó, no se atrevió. Dominó el torbellino de emociones que lo envolvía como una horda de espectros sombríos y esperó a que ella recuperara el color. Luego, fue a su mesa, dejó el vaso y se quedó delante del ventanal con los brazos cruzados.

–Ahora, empieza a contármelo.

Ella lo miró fijamente. El agua le había dado algo de fuerza y una mirada a esos ojos azules como ascuas le recordó que había ido allí con una misión. No estaba allí para hacer amigos ni para influir a nadie ni para reavivar la pasión que la había llevado a una situación como esa. Tenía que olvidarse de los sentimientos. Tenía que atenerse a la cruda realidad y lidiar con ella.

–No hay mucho que contar. Estoy esperando un hijo.

–Me puse un preservativo –replicó él en tono gélido–. Lo sabes muy bien.

Ella se sonrojó ridículamente, como si hablar de preservativos en su despacho fuese completamente inadecuado. Sin embargo, era necesario, se recordó a sí misma.

Esa situación la habían provocado entre los dos y, por lo tanto, los dos eran responsables.

–También sé que el uno por ciento de los preservativos fallan.

–Vaya, eres una experta –él la miró con desdén–. Es posible que le hayas contado esa historia tan triste a otros hombres. ¿A cuántos? Por curiosidad, ¿qué puesto ocupo en la lista?

Ella apretó los puños con furia. No tenía por qué pasar por eso en ninguna circunstancia, pero menos en esa. Fue a levantarse, pero sus piernas se negaron a obedecer a su cerebro. Además, aunque quería salir corriendo de allí y no volver jamás, sabía que eso era un lujo que no podía permitirse.

–No hay nadie más –contestó ella tajantemente–. Es posible que tú seas distinto, pero yo no me acuesto con más de una persona a la vez. ¿Por qué no te ahorras tus acusaciones infundadas? ¡No he venido para ser tu saco de boxeo!

–¿No? Entonces, ¿para qué has venido? –preguntó él con una expresión de asombro no exenta de crueldad–. ¿Quieres dinero?

–¿Dinero?

–Eso he dicho.

Ellie sintió más rabia todavía, pero le vino bien porque la ayudó a centrarse, a que quisiera luchar. No por ella, sino por la diminuta vida que estaba gestándose en su vientre. Eso era lo importante, ese era el motivo por el que había ido ese día aunque sabía que sería un suplicio. Tenía que pensar antes de contestar, no podía dar réplicas baratas solo para ganar puntos.

–Estoy aquí para que sepas lo que pasa. Creí que tenías derecho a saberlo, que tenías que saber que lo que pasó aquella tarde tiene consecuencias.

–Un poco melodramático, ¿no te parece? ¿No podías haberme avisado primero?

–¿De verdad crees que debería haber hecho eso? –ella ladeó la cabeza–. No tengo tu número de teléfono porque, intencionadamente, no me lo diste, pero ¿habrías hablado conmigo aunque lo hubiese conseguido? No lo creo.

Alek reflexionó. Seguramente, no habría hablado con ella aunque había deseado, leve e irracionalmente, volver a verla. Le habría ordenado a Nikos que le dijera que se lo explicase por correo electrónico. La habría mantenido a distancia, como hacía con todas las mujeres. Sin embargo, estaba empezando a darse cuenta de que los motivos de todo lo que había pasado entre ellos daban igual. Daba igual que ella hubiese infringido una norma capital y se hubiese metido en su lugar de trabajo. Solo había una cosa que no daba igual y acababa de decírsela. Le hizo la siguiente pregunta como si estuviese siguiendo un manual muy antiguo, pero la hizo inexpresivamente porque, en el fondo, sabía la respuesta.

–¿Cómo sabes que es mío?

–¿Crees que estaría aquí si no lo supiera? ¿Crees que iba a pasar por esta humillación si fuese el hijo de otro hombre?

Él intentó convencerse de que podía ser un farol y que podía exigir una prueba de ADN, que tendría que esperar hasta que el bebé hubiese nacido. Sin embargo, una vez más, hubo algo que le dijo que la prueba no iba a ser necesaria, aunque no sabía por qué. ¿Sería por la certeza que veía en su pálido rostro o era algo más complejo y sutil que desafiaba toda lógica? Podía oír que se cerraba la puerta de su mazmorra. Estaba atrapado otra vez y era la peor sensación de su vida. Recordó aquella fortaleza distante y habló como si la voz le saliera desde muy lejos.

–¿Qué quieres de mí?

Se hizo un silencio y esos ojos grises se clavaron en los de él.

–Quiero que te cases conmigo –contestó ella.

Capítulo 5

LEK la miró con los ojos entrecerrados.

–¿Si no? –preguntó él con una delicadeza amenazante–. ¿Si no me caso contigo volverás a irte de la lengua con tu amiga periodista? Sería una verdadera exclusiva. «Esperando un hijo del griego».

Ellie intentó no alterarse. No había querido decirlo así, en realidad, no había pensado en decir eso. Había pensado decirle que iba a tener el hijo y que respetaría lo que él decidiera. Había pensado en darle a entender que nada le preocupaba y que no pensaba utilizar lo que estaba pasando ni sacar tajada. Sin embargo, algo le había pasado durante esa conversación en ese lujoso despacho. Con el vestido de algodón pegado al cuerpo y las gotas de sudor en la frente, a pesar del aire acondicionado, se había sentido más que fea. Se había sentido invisible entre la imponente opulencia del ático de Alek. Pensó en todas las mujeres delgadas y bronceadas que había visto saliendo del edificio con zapatos de tacón y sin un pelo fuera de su sitio. Eran las mujeres con las que él trataba todos los días. ¿Dónde encajaba ella en ese mundo con su vestido barato, un vientre cada vez más abultado y sintiendo que no tenía un sitio propio? No tenía un verdadero sitio propio. Ese era el mundo de él y ni ella ni su bebé pertenecían a ese mundo. ¿Cuánto tardaría en olvidar que había engendrado un hijo en un momento de pasión irreflexivo? ¿Cuánto tardaría en casarse con una mujer refinada que le daría un hijo legítimo que heredaría todo lo que él tenía mientras el hijo de ella quedaba olvidado entre las sombras? ¿Acaso no sabía ella, mejor que nadie, que eso era lo que les pasaba a los hijos no deseados? Sabía lo que era que su propio padre la rechazara. Entonces se le encendió la bombilla, entonces supo exactamente lo que iba a pedir. Le daba igual su dignidad y su orgullo porque eso era mucho más importante, era por su hijo.

–No estoy amenazándote con chantajearte –contestó ella sin inmutarse–. Ya te he dicho hasta la saciedad que lo que pasó con la periodista fue un error estúpido que no pienso repetir. Solo quiero que te cases conmigo, nada más.

–¿Nada más? –repitió él con una sonrisa despiadada–. ¿Por qué?

–Porque eres encantador, claro. Porque eres considerado y...

–¿Por qué? –volvió a preguntar él en un tono inflexible, como si temiera que ella estuviese al borde de la histeria.

–¿No es evidente? –ella consiguió mantenerle la mirada aunque el corazón le latía con tanta fuerza que creía que él tenía que oírlo–. Porque quiero que mi hijo tenga alguna seguridad.

–Eso no implica necesariamente el matrimonio. Si el hijo es mío, aceptaré la responsabilidad. Puedo darte dinero y una casa –él se encogió de hombros–. Algunas baratijas si eso es lo que buscas.

¿Baratijas? ¿Realmente la consideraba tan frívola como para querer joyas?

–No se trata solo... de dinero –replicó ella sonrojándose.

–¿De verdad? Resulta que no se mueve solo por dinero –él se rio con escepticismo–. ¡Vaya! Serás la primera. Si no se trata de dinero, ¿de qué se trata?

Ella se pasó una mano por la frente.

–Quiero que él... o ella sepa quién es... que tenga una identidad, que lleve el apellido de su padre.

Vio que la cara de él se ensombrecía como si una nube hubiese tapado el sol.

–Es posible que yo no tenga el apellido que te gustaría para tu hijo.

–¿Qué quieres decir?

Alek sacudió la cabeza y volvió a bajar esas puertas metálicas que lo aislaban de sus preguntas. El matrimonio era implanteable para él, algo que no haría jamás, en ninguna circunstancia. Aunque hacía mucho tiempo que se había librado de su pasado, nunca había escapado completamente a sus tentáculos. Lo alcanzaban y zarandeaban cuando menos lo esperaba. Lo rozaban en la oscuridad de la noche y le recordaban cosas que prefería olvidar. El matrimonio de sus padres había sido una gangrena en la parte esencial de su vida y su podredumbre se había extendido por muchos sitios, había sido la unión entre un hombre desalmado y una mujer a la que despreciaba tanto que ni siquiera podía decir su nombre. Apretó los dientes. ¿Por qué iba a querer él casarse?

Su éxito había sido público, pero había conseguido mantener en privado el resto de su vida. Se había encerrado en una concha emocional y no había dejado que casi nadie se acercara. ¿No había sido ese el motivo para que se enfureciera con Ellie? Su indiscreción no solo había manchado su reputación en el mundo de los negocios, también había defraudado la confianza que neciamente había depositado en ella.

–Es posible que no sea el marido ideal. Pregúntaselo

a cualquiera de las mujeres con las que he salido y estoy seguro de que estarían encantadas de enumerarte todos mis fallos. Soy egoísta, intolerante, trabajo demasiado y me aburro enseguida, sobre todo, de las mujeres –él arqueó las cejas–. ¿Quieres que siga?

Ella negó con la cabeza y la coleta osciló de un lado a otro.

–No me refiero a un matrimonio verdadero. Me refiero a un contrato legal con un plazo limitado.

–¿Por qué? –preguntó él con los ojos entrecerrados.

–Porque no quiero que mi hijo sea ilegítimo... yo soy hija ilegítima. Sin embargo, tampoco quiero pasar el resto de mi vida con alguien que ni siquiera me aprecia. No soy completamente masoquista y...

–¿Solo parcialmente? –le interrumpió él en tono de burla.

–He debido de serlo si me he acostado contigo.

–Y fue increíble, por cierto –comentó él casi para sí mismo.

Ellie no quiso pensar en eso, aunque se estremeció solo de oírlo. Efectivamente, había sido increíble, había empezado por rabia, pero se había convertido en algo apasionado y devastador que la había desarbolado completamente. ¿Él también había sentido esa... conexión o ella estaba haciendo eso que las mujeres hacían tan bien? ¿Estaba creyendo que era verdad porque quería que lo fuese?

–Ahora da igual cómo fuese –replicó ella lentamente–. Lo único que importa ahora es el bebé.

Él se crispó al oír la palabra y apretó las mandíbulas hasta que parecieron esculpidas en granito.

–Vete al grano y dime exactamente qué propones.

El calor, la emoción y el estómago vacío estaban mareándola, pero sabía que no podía desmoronarse. La idea de que Alek formara parte de su vida no hacía que diese saltos de alegría, pero era preferible a que tuviera que sobrellevarlo sola.

–Nos casaremos los dos solos. Tus abogados, naturalmente, querrán redactar un contrato y a mí me parece bien.

–Qué detalle –comentó él con sarcasmo.

–Ni siquiera tenemos que vivir juntos –siguió ella–. Te limitarás a reconocer tu paternidad y a dar un respaldo económico. El bebé llevará tu apellido y recibirá una parte de tu herencia –ella se encogió de hombros porque eran unas palabras muy raras. Hacía unas semanas solo pensaba en un ascenso y en ese momento estaba hablando de paternidad–. Después del nacimiento, podemos divorciarnos de mutuo acuerdo. Me parece lo justo.

–¿Justo? –él se rio–. ¿Quieres decir que voy a limitarme a mantenerme al margen y a soltar dinero?

–No pretendo ser codiciosa.

–¿No crees que la gente sospechará? –preguntó él con los ojos entrecerrados–. ¿No crees que se preguntarán por qué no vivimos juntos ni estoy nunca con la madre de mi hijo?

–A juzgar por tu reacción a la noticia, he dado por supuesto que querrías una cláusula que te liberara.

–No lo hagas. Nunca des nada por supuesto en lo que se refiere a mí, Ellie. Fue el primer error que cometiste. No soy un gatito, como pareces pensar, ni nada por el estilo.

–No te preocupes, ¡ya he cambiado de opinión sobre eso!

–Me alegra oírlo –la miró de arriba abajo y se detuvo en el vientre–. No había pensado en tener un hijo ni quiero casarme, desde luego, pero, si esas son las cartas que me ha repartido el destino, jugaré con esas cartas... y siempre juego para ganar.

Ella se apartó el flequillo de los ojos.

–¿Es una amenaza? –preguntó ella en tono desafiante.

–No, pero no has oído mi parte de la negociación.

Alek la miró fijamente. Sabía lo que tenía que hacer. Por mucho que fuese en contra de todo lo que pensaba, iba a tener que hacer un sacrificio por ese hijo, como nadie lo había hecho por él jamás. Iba a tener que casarse con ella porque era mejor tenerla al lado que dejarla suelta para que pudiese ser una bomba de relojería con un hijo indefenso y sin protección.

–Si quieres que me case contigo, tendrás que actuar como una esposa. Vivirás conmigo.

–Ya te he dicho que no...

–Me da igual lo que hayas dicho –le interrumpió él con impaciencia–. Si vamos a hacer esto, vamos a hacerlo como es debido. Quiero que esta boda imite todas las costumbres propias de una boda.

–¿Imite...? –preguntó ella con perplejidad–. ¿Qué quieres decir?

–¿No te lo imaginas? –él esbozó una sonrisa amarga–. Llevarás un vestido blanco, me mirarás a los ojos con arrobo y representarás el papel de una novia radiante y enamorada. ¿Crees que puedes hacerlo, Ellie?

El estómago empezó a rugirle y ella se preguntó si él podría oírlo en el silencio sepulcral. Le parecía como si hubiese pasado una eternidad desde que se había comido la manzana en el tren. En realidad, le parecía que había pasado una eternidad desde que había hecho algo mínimamente normal. Hacía nada estaba sirviendo mesas y, en ese momento, estaba hablando de matrimonio con un multimillonario de ojos gélidos que le decía que tenía que fingir que lo quería. Se sintió como una pluma arrastrada por un huracán.

–Quieres organizar una... farsa... –balbució ella.

–No. Solo quiero que sea verosímil y que tódo el mundo quede convencido de que nos hemos enamorado.

–¿Por qué? ¿Por qué no podemos considerarlo como el contrato que sabemos que es?

Él cerró los puños y ella pudo ver que los nudillos se ponían blancos.

–Porque quiero que mi hijo tenga recuerdos –contestó él con aspereza–. Quiero que pueda ver las fotos de la boda de su padre y su madre y que tenga el consuelo de que alguna vez nos quisimos, aunque ya no estemos juntos, como no estaremos, naturalmente.

–Pero eso es... ¡es mentira!

–¿No es una ilusión? –preguntó él con amargura–. ¿Acaso la vida no es una ilusión? La gente ve lo que los demás quieren que vea. No quiero que mi hijo sufra, quiero que crea que sus padres se amaron una vez.

Ella vio que su rostro se desencajaba por un dolor que no podía disimular. Sus ojos perdieron el brillo y sus rasgos se convirtieron en una máscara sombría. A pesar de todo, quiso preguntarle qué le causaba ese dolor tan palpable que solo presenciarlo le parecía indiscreto. Quiso abrazarlo y acunarlo. Sin embargo, parecía muy distante con ese traje oscuro que se ajustaba a sus poderosos miembros y con esa camisa blanca que contrastaba con su piel olivácea. Parecía tan orgulloso y aristocrático que resultaba casi intocable, algo bastante paradójico si lo pensaba bien. Se aclaró la garganta.

–¿Cuándo se celebrará esa boda?

–Lo antes posible, ¿no crees? Hay algo en tu rostro que deja muy claro que la novia está evidentemente embarazada. Les diré a mis abogados que redacten el contrato e irás a vivir a mi piso de Londres. Ya hablaremos de comprarte una residencia después del nacimiento.

Ellie sintió como si toda su vida anterior estuviese esfumándose, como si la hubiesen sacado de la oscuridad y la hubiesen dejado bajo el foco de la glamurosa vida de Alek. Empezaba a darse cuenta de lo cegador que podía ser ese foco. Sin embargo, si se paraba a pensarlo, ¿qué se imaginaba que pasaría después? ¿Iba a seguir vendiendo pasteles con su anillo en el dedo?

–Supongo... –concedió ella.

–Has adelgazado –comentó él mirándola con detenimiento.

–Tengo náuseas por las mañanas, pero se me suelen pasar por la tarde.

–¿Esperas seguir trabajando?

–Me apañaré –contestó ella con obstinación–. Casi todas las mujeres lo hacen.

–¿Y después del nacimiento? ¿Tu hijo será menos importante que tu profesión?

–No sé qué pasará. Solo sé que un hijo no debería ser menos importante que nada.

Se miraron un rato y ella llegó a creer que él iba a decir algo amable, pero se equivocó.

–Tendrás que renovar tu guardarropa si quieres parecer una novia convincente, pero no será un inconveniente. Como futura señora Sarantos, tendrás acceso ilimitado a mi tarjeta de crédito. ¿Te excita eso?

Ella frunció el ceño al ver su sonrisa sarcástica.

–¿Te importaría dejar de tratarme como a una cazafortunas?

–Vamos, Ellie... –por un instante, su voz dejó de ser áspera–. ¿No has aprendido a sacar lo positivo de una situación negativa?

Ella se dio la vuelta con una punzada de dolor. ¿No sabía él que estaba hablando con una experta en buscar lo positivo? Se había pasado toda la vida intentando que no le influyera una madre dominada por la amargura y el arrepentimiento. Además, ¿acaso no se había prometido que llevaría una vida distinta, que llegaría a algo por sí misma, que sería fuerte y, sobre todo independiente? Sin embargo, estaba atándose a un hombre frío e insensible porque necesitaba seguridad. Todo le daba igual. Haría lo que hiciese falta para que su hijo tuviese una vida mejor que la que había conocido ella. Aunque tuviese que casarse con un hombre que parecía despreciarla.

Capítulo 6

SU VIDA nueva empezó en cuanto Alek aceptó casarse con ella y fue como entrar en un universo paralelo. Ya no viajaría por Londres ni tomaría un tren pegajoso a New Forest. Él no tomaba el transporte público y tampoco lo haría la mujer que estaba esperando su hijo. Pidió una limusina para que la llevara a casa, pero antes se empeñó en que comiera algo. Sus intentos de decirle que no tenía hambre cayeron en saco roto y pidió a Nikos que llevara pan caliente, uvas y una pasta de garbanzos que atacó con un gemido de placer. Comió con avidez y cuando levantó la cabeza, lo vio mirándola con atención.

–Evidentemente, no te cuidas como deberías. Olvídate de cumplir con el plazo que exigen los contratos antes de despedirte y múdate aquí ahora mismo.

–No puedo dejar a Bridget en la estacada. Se ha portado muy bien conmigo y tengo que darle un mes.

Eso no le había hecho gracia, como tampoco le hizo gracia que rechazara el fajo de billetes que intentó darle.

–Alek, por favor, no intentes darme dinero en la calle. No soy una buscona. Además, quiero una habitación propia mientras esté en tu casa –la expresión de sorpresa de él había sido casi cómica–. Es una condición, no una petición.

Ya era tarde cuando el coche la dejó en New Forest

y no podría hablar con Bridget, pero su plan de hablar con su jefa al día siguiente voló por los aires cuando Bridget entró en la tienda con una expresión que ella no le había visto nunca. La viuda de cincuenta y tantos años que la había tratado como a una hija nunca había parecido como si fuese a explotar de emoción.

–Por todos los santos, ¿por qué no me lo dijiste? –le preguntó Bridget.

–¿El qué? –preguntó ella con un hormigueo de miedo instintivo.

–¡Que vas a casarte! ¡Y con un griego muy guapo nada menos! Eres muy reservada, señorita Brooks.

Ellie se agarró al mostrador de cristal sin importarle las huellas que dejaría.

–¿Cómo...? –Ellie tragó saliva–. ¿Cómo lo has sabido?

–¿Tú qué crees? –preguntó Bridget entre risas–. Anoche me llamó él en persona. Estaba dormida y me despertó, pero tenía ese encanto griego tan halagador que le dije que no me importaba. Él dijo que te necesita a su lado y que me compensara para que te deje marcharte sin aviso previo. Puedo conseguir diez dependientas por el dinero que va a darme y todavía me sobrará lo bastante para ampliar el salón de té. Es un hombre muy generoso, Ellie... y tú eres una mujer muy afortunada.

¿Afortunada? Se sentía tan afortunada como alguien que acababa de tirar un billete de lotería premiado al fuego de la chimenea. Sin embargo, no era estúpida. A Bridget le daba igual renunciar al plazo que ella debería cumplir porque la oferta de Alek había borrado de un plumazo cualquier otra consideración. ¿Qué valía la amistad o la lealtad frente a ese dineral? ¿Por eso era él tan escéptico? Sabía que todo tenía un precio y que, si lo pagaba, podía conseguir lo que quisiera.

–Mañana vendrá una chica del pueblo –siguió Bridget como si tal cosa–. Todo está solucionado.

Ellie se preguntó cómo reaccionaría su jefa si le contaba la verdad, que solo se habían acostado una vez y que no estaba previsto que volvieran a verse, que él iba a casarse con ella solo porque estaba esperando un hijo. Sin embargo, ¿de qué serviría? ¿Por qué iba a desilusionarla solo por el placer de desilusionarla? Era preferible corresponder a la amabilidad de Bridget dejando que creyera que eso era lo que ella quería. Actuaría como si fuese un cuento de hadas aunque no se lo creía ni ella misma.

–Es maravilloso que seas tan comprensiva, Bridget.

–Bobadas. Es un placer verte tan feliz. Pásate esta noche por mi casa y cenaremos algo de primera para celebrarlo.

Subió a su pisito después del trabajo y, como era de esperar, había un mensaje de texto en su teléfono.

He resuelto las cosas con tu jefa. Mañana, a las once de la mañana, irá un coche a buscarte. Estate preparada. Alek.

Si hubiese creído que serviría de algo, podría haber tenido la tentación de contestarle algo cortante, pero estaba demasiado cansada y no iba a desperdiciar fuerzas luchando contra lo inevitable. Hizo la maleta con las cuatros cosas que tenía y fue a la casita de campo de Bridget para cenar un *gulasch* vegetariano. Después volvió dando un paseo y miró con melancolía el cielo estrellado. Iba a echar de menos el bosque y a esos ponis que a veces se quedaban en medio de la carretera y atascaban el tráfico mientras sacudían las colas. Siempre había soñado que alguna vez viviría en una gran ciudad, pero no en esas circunstancias. El porvenir se le presentaba como un mapa enorme y en blanco, y eso la asustaba.

Sin embargo, durmió profundamente hasta que oyó un bocinazo debajo de la ventana. Se levantó y se puso la bata precipitadamente. Se había quedado dormida y, evidentemente, el conductor ya había llegado. Salvo que no era el conductor. Esperó a que se le pasaran las náuseas y asomó la cabeza por la ventana. Se quedó sin respiración cuando vio a Alek apoyado en un deportivo verde, como la primera vez que lo vio en el hotel e hizo un esfuerzo para no mirarlo fijamente. Tenía ojeras y unos vaqueros se ceñían a sus piernas largas y musculosas. Llevaba la camisa remangada para mostrar unos antebrazos poderosos y el pelo negro le resplandecía por la luz del sol. Empezó a derretirse por dentro con una oleada cálida, potente e indeseada.

—Ah, eres tú —comentó con frialdad porque no quería sentir nada cuando lo miraba.

Él entrecerró los ojos por la luz resplandeciente.

—Qué saludo tan encantador... —replicó él con ironía—. ¿Por qué no me abres la puerta para que pueda subir a recoger tus cosas?

—Hay una llave en esa cornisa.

Tomó algo de ropa y se metió en el cuarto de baño. Cuando salió, una vez lavada y vestida, lo encontró en medio de la sala y sin el más mínimo remordimiento. Dejó el neceser en la mesa y se volvió hacia él con rabia por su arrogancia.

—¿Cómo te atreves a llamar a mi jefa y ofrecerle dinero para que me libere de mi contrato cuando te dije que quería cumplirlo? ¿Te excita ser tan entrometido?

—Si puedes darme una sola objeción válida, aparte de tu vanidad herida, te escucharé, pero no puedes,

¿verdad, Ellie? Tienes náuseas todas las mañanas y un aspecto horrible, pero quieres seguir. No es el mejor reclamo para una pastelería, salvo que quieras espantar a los clientes... –él miró las dos maletas maltrechas que había en el suelo–. ¿Eso es todo lo que tienes?

–No, hay unos baúles de Louis Vuitton en el cuarto de al lado –contestó ella con sarcasmo.

Él las levantó como si estuviesen llenas de plumas y no de todo su mundo.

–Vamos.

Ellie llevó la llave a la tienda, donde Bridget estaba enseñando los distintos pasteles a la dependienta nueva. Se despedía de una vida sencilla y se embarcaba en otra sofisticada y desconocida. Sintió una opresión en el pecho mientras la mujer la abrazaba antes de despedirla con la mano mientras se alejaba en el coche resplandeciente.

La capota del coche estaba bajada y el ruido del tráfico hacía que la conversación fuese complicada, algo que agradeció porque no quería hablar y, además, ¿qué iba a decir? ¿Cómo se entablaba conversación con un hombre al que apenas conocía y en circunstancias como esa? El viaje los llevó por el sur de Kensington, una zona que había visitado en una excursión del colegio. Treinta y cinco niños alborotadores habían pasado la mañana en el Museo de Ciencias Naturales y habían podido bajar a la tienda del museo. Ella se había gastado todo el dinero que tenía en una pastilla de jabón con forma de dinosaurio para su madre, pero el regalo no le había gustado. Al parecer, le había recordado, una vez más, a todas las cosas que faltaban en su vida. Recordó a su madre mirando la diminuta pastilla de jabón como si estuviese contaminada, con un gesto de ira que le brotaba por cualquier cosa. «Si tu padre se hubiese casado conmigo, habrías podido comprarme algo más grande que una avellana». ¿Ese recuerdo no era motivo suficiente para agradecerle a Alek que no se hubiese lavado las manos? Pese a su actitud autoritaria, estaba dando la cara y aceptando la parte que le correspondía de la vida que habían engendrado. No estaba pensando en no dar ni un penique para la manutención de su hijo ni en olvidarse de él y no volver a verlo. Lo miró de soslayo. No era tan malo. A esa oleada de agradecimiento le siguió otra que recibió peor, sobre todo, cuando su muslo se tensó al apretar el acelerador. Era absolutamente impresionante y no se había parado a pensar en lo que podía suponer eso cuando estuviese encerrada con él en su piso. ¿Se podía cerrar el deseo como si fuese un grifo o el contacto solo confirmaría constantemente lo impresionante que era el padre de su hijo?

Alek vivía en Knightsbridge y su piso era como se había esperado y más, aunque no estaba preparada para su tamaño y opulencia. Incluso el lujo de The Hog parecía insignificante si lo comparaba con las habitaciones de techos altísimos que se comunicaban entre sí. Los mullidos sofás de terciopelo descansaban sobre alfombras de seda y había objetos hermosos por todos lados. Vio una caja de nácar y un pequeño cubo dorado con piedras azules y esmeraldas. Quiso preguntarle si eran auténticas, pero le pareció una grosería, como si estuviese intentando valorar el precio y el tamaño de las cosas. Sin embargo, lo que la dejaba sin respiración no era tanto el valor como la belleza. Mirara donde mirase, veía cuadros de sitios que había anhelado visitar; calles de París, iglesias de Roma, edificios de Venecia reflejados en un canal...

–Tus cuadros son increíbles.

–Gracias –él inclinó la cabeza como si el comentario

lo hubiese sorprendido–. Es una afición que tengo. ¿Te gusta el arte?

Ella contuvo el comentario defensivo que tenía en la punta de la lengua. ¿Creía él que alguien que trabajaba en el sector servicios no podía apreciar el arte o que había que ser rico para disfrutarlo?

–Me gusta visitar museos cuando tengo la oportunidad –contestó ella con cierta rigidez–, pero nunca había visto cosas así en una casa.

Aunque, claro, nunca había estado en una casa como esa. Se acercó a una de las ventanas que daban al parque y cuando volvió a darse la vuelta, lo vio mirándola con detenimiento.

–¿Debo entender que es de tu agrado?

–¿Cómo no iba a gustarme? –ella se encogió de hombros para intentar que la intensidad azul de su mirada no la afectara–. Es fantástica. ¿La has decorado tú mismo?

–Me temo que no tengo ningún mérito –contestó él con una sonrisa–. Lo hizo una mujer que se llama Alannah Collins.

Ella asintió con la cabeza. Los hombres como Alek no elegían el papel pintado ni se paraban a pensar dónde ponían los sofás. Pagaban para que lo hiciera alguien, como pagaban a las dueñas de las tiendas para que liberaran a sus empleadas. Él podía hacer lo que quisiera, bastaba con que sacara la chequera.

–Es una decoradora muy buena –confirmó ella.

–Sí, lo es –él entrecerró los ojos–. ¿Debo entender que soportarás vivir aquí una temporada?

–¿Quién sabe? –contestó ella con desenfado–. A lo mejor queremos matarnos antes de que termine la semana.

–Es posible –él hizo una pausa muy breve–. Aunque

a lo mejor encontramos maneras mucho más gratificantes de aliviar nuestra... frustración. ¿Qué opinas, Ellie?

Sus palabras tenían un ligero tono burlón, pero esa mirada fría tenía un brillo de desafío sexual que, naturalmente, la tentó. Sin embargo, lo que más la desorientó, más que la tentación, fue que flirteara con ella. Verlo en su elegante piso hacía que le costara creerse las circunstancias que la habían llevado allí. ¿Realmente había ido a su humilde cuarto en el albergue de empleados y se había acostado con ella en esa cama tan estrecha? Recordarlo quitándole la ropa como un hombre descontrolado le parecía como un sueño brumoso. Recordaba la rabia en su rostro y que, de repente, había dado paso a una pasión que la había dejado llorando entre sus brazos. Sin embargo, los hombres podían sentir pasión y, acto seguido, cuando habían saciado su apetito, sofocarla. No sabía gran cosa sobre sexo, pero sí sabía eso y tenía que recordar que era vulnerable en lo que se refería a Alek. Quizá aquel día hubiesen sido iguales, pero no eran iguales de verdad. Pronto llevaría su alianza, pero eso solo era un símbolo que no significaba nada. Al menos, no significaba nada de lo que debería significar. Tenía que mantener la distancia sentimental si no quería que le hiciera daño.

–Para que quede claro –Ellie lo miró a los ojos–. Cuando dije que quería mi propia habitación, lo dije en serio. Si crees que vas a convencerme de lo contrario, me temo que estás perdiendo el tiempo.

–Creo que estoy de acuerdo –él sonrió con cautela–. Empiezo a pensar que compartir una habitación contigo complicaría una situación que ya es complicada.

Ellie sintió algo muy femenino y contradictorio mientras lo seguía. ¿No podría haber fingido que se sen-

tía decepcionado en vez de aliviado? Hizo un esfuerzo
para apartar la mirada de su poderosa espalda y miró las
distintas cosas que estaba enseñándole él. La sala de
cine con una pantalla enorme, el mármol negro de la cocina descaradamente masculina, el moderno comedor
con candelabros en una mesa reluciente que no parecía
muy usada. En la pared de su despacho había distintos
relojes que le decían la hora de las ciudades más impor-
tantes y en la mesa había algunos papeles amontonados.
Él le explicó que en el sótano del edificio había una pis-
cina y un gimnasio con todo tipo de aparatos.

El dormitorio que le había asignado no era ni delicado ni femenino, como era natural, pero sí era relajante.
La cama era grande y las vistas impresionantes. El cuarto
de baño incorporado tenía toallas blancas como la nieve
y frascos con aceite para el baño muy caros. Pensó lo
perfecto que parecía todo, menos ella con sus vaqueros
y su camiseta.

–¿Te gusta? –le preguntó él.

–No puedo imaginarme que no le guste a alguien. Es
precioso –ella pasó la yema de un dedo por un cristal
de colores–. No sé cómo va a encajar un bebé aquí.

Él miró el movimiento de su dedo.

–Yo tampoco, pero no pensaba en tener un hijo cuando
compré esta casa.

–¿No pensaste que algún día podrías tener una familia? No me refiero de esta manera, claro...

–Claro –le interrumpió él con desenfado–. La respuesta es «no». No todos los hombres sienten la necesidad de enclaustrarse en una vida familiar, sobre todo,
cuando hay tan pocas familias felices.

–Es un punto de vista muy escéptico, Alek.

–¿Te parece? ¿Acaso tu infancia fue muy feliz? –la
miró a los ojos–. A ver si lo adivino. ¿Fue en un acoge-

dor pueblo inglés donde todo el mundo se conocía? ¿Tenías una casita de campo con rosales en la puerta?

–Pues no –ella dejó escapar una risa fugaz–. No conocí a mi padre hasta que tuve dieciocho años y cuando lo conocí, deseé no haberme molestado.

–¿Por qué? –preguntó él con los ojos entrecerrados.

Era una historia de la que no se enorgullecía. Mejor dicho, era una historia que casi la avergonzaba. Sabía que era ilógico, pero si no la amaban, ¿no sería porque ella tenía la culpa? Dejó esa idea a un lado como llevaba intentando hacer casi toda su vida adulta. Además, no tenía ningún motivo para ocultar algo a Alek. No pretendía impresionarlo porque él ya había dejado claro que no la deseaba. Si pasaba por alto eso tan ofensivo, ¿no significaba que podía ser ella misma en vez de ser la mujer que creía que debería ser?

–No me gustaría impresionarte –contestó ella con desparpajo.

–Créeme, no se me impresiona fácilmente –replicó él con ironía.

Ella miró los visillos que se ondulaban en el ventanal.

–Mi padre era un empresario bastante próspero y mi madre era su secretaria, pero también era su... –ella se encogió de hombros al ver la mirada de curiosidad de él–. Ahora parece muy anticuado, pero también era su mantenida.

–Ah... –dijo él como si fuese un experto en la materia–. Su mantenida.

–Sí. Era lo habitual. Le pagaba un piso y le compraba ropa, sobre todo, ropa interior. Solían salir a lo que, eufemísticamente, llamaban «almorzar» y sospecho que eso hacía que no la apreciaran mucho en la oficina. Algunas veces, él conseguía incluso pasar parte de un fin de semana con ella, aunque, naturalmente, ella pasaba sola las navidades y las vacaciones. Me contó todo esto una noche que había bebido.

—¿Qué pasó? —preguntó él pasando por alto el temblor de la voz de ella—. ¿Cómo... apareciste?

Ellie, atrapada en una historia en la que no había pensado desde hacía mucho tiempo, se sentó en la cama. Apoyó las manos en el delicado algodón y captó la curiosidad en los ojos de Alek.

—Ella quería que él se divorciara, pero él decía que tenía que esperar a que sus hijos se independizaran, la historia de siempre. Ella decidió que le daría un empujoncito.

—¿Se quedó embarazada?

—Se quedó embarazada, pero antes de que digas algo, yo no repetí la historia. Te aseguro que lo que menos me apetecía del mundo era recrear mi propia infancia. Lo que pasó entre nosotros fue...

—Accidental —terminó él—. Sí, ya lo sé. Sigue.

Ella había perdido el hilo de lo que estaba diciendo y tardó unos segundos en recuperarlo.

—Creo que ella pensó, erróneamente, que él se acostumbraría a tener un hijo, que, incluso, podría agradarle como prueba de su virilidad o algo así. Sin embargo, él ya tenía tres hijos a los que educar y una esposa con una afición muy cara por las joyas. Le dijo...

Ellie no pudo seguir. Se acordó de aquella noche atroz de su cumpleaños cuando su madre, después de haber dado buena cuenta de casi toda una botella de ginebra, empezó a balbucir y a contarle cosas que ningún niño debería oír. Ella las había enterrado en lo más profundo de su cabeza, pero, en ese momento, empezaron a resurgir como una espuma pestilente que llevaba demasiado tiempo sumergida.

–Él le dijo que se deshiciera del bebé, que se deshiciera de mí.

La sonrisa absurda que había mantenido hasta ese momento se esfumó cuando las palabras de su madre le retumbaron en la cabeza. «¡Debería haberle hecho caso! Si hubiese sabido lo que me esperaba, ¡claro que debería haberle hecho caso!».

–Creo que ella pensó que él cambiaría de opinión, pero no lo hizo. Dejó de pagar la renta del apartamento de mi madre y le contó a su esposa la aventura para, así, impedir cualquier chantaje. Entonces, se mudaron a otra parte del país y ese fue el final de todo.

–¿Él no se mantuvo en contacto?

–No. Entonces, todo era distinto. Antes del auge de las redes sociales, era fácil perder el contacto con alguien. No le pasaba una manutención y mi madre era demasiado orgullosa como para denunciarlo. Ella decía que ya había perdido demasiado y que no iba a darle el placer de verla suplicando. Ella decía que nos apañaríamos, pero, naturalmente, nunca es tan sencillo.

–Pero dijiste que lo habías visto. ¿Fue cuando cumpliste dieciocho años?

Ellie tardó en contestar. Ese era un terreno prohibido... y sin señalizar. Sin embargo, ¿cómo no iba a contárselo? No había hablado de eso con nadie porque no quería parecer que estaba hundiéndose en la lástima por sí misma, pero Alek podía tener derecho a saberlo.

–Sí, lo vi. Cuando mi madre murió, lo busqué y le escribí, le dije que quería conocerlo. Me sorprendió un poco que aceptara.

También le asustó porque había llegado a imaginárselo como una especie de héroe. Quizá había añorado la cercanía que no había tenido con su madre, quizá se hubiese sentido culpable por querer un cuento de hadas que no existía, por la gran reunión que haría que su vida fuese mejor.

–¿Qué pasó?

–¿Quieres saberlo de verdad? –preguntó ella con los ojos entrecerrados.

–Sí. Es una historia muy buena –contestó él sorprendentemente.

Ella quiso decirle que no era una historia, pero quizá lo fuese cuando no pensaba en ella. La vida, según el tópico, era una historia interminable. Se aclaró la garganta.

–No hubo sintonía entre nosotros, ninguna sensación de que tuviésemos los mismos genes. Ni siquiera nos parecíamos. Nos sentamos a ambos lados de una mesa muy ruidosa en la estación de Waterloo y me dijo que mi madre era zorra intrigante que casi le arruina la vida.

–¿Y nada más? –preguntó él al cabo de un rato.

–Intenté preguntarle por sus hijos, mis hermanos, y fue como si le hubiese pedido el número PIN de su cuenta.

Él se levantó con una expresión atroz, aunque teñida de satisfacción, como si se alegrara de tener un motivo para enfadarse con ella. Dio un golpe en la mesa y el café de ella se derramó por todos lados.

–Me dijo que no me pusiera en contacto con él nunca más y se marchó.

Alek captó el tono de despreocupación resignada en su voz y algo le atenazó las entrañas. ¿Se identificaba con ella? ¿Se daba cuenta de que todo el mundo cargaba con sus penas, pero que la mayoría estaban ocultas? De repente, entendió la ambición implacable de ella, una ambición que el bebé había vuelto a sacar a la luz. Sintió una punzada de remordimiento al acordarse de lo... caballeroso que había sido para que ella perdiese su empleo. Entonces, pudo entender que insistiese tanto en casarse, una insistencia que, probablemente, había sido fruto de la incertidumbre de su infancia y juventud. No quería la categoría que le daría ser su esposa, quería ofrecerle a su hijo la seguridad que ella no había tenido. Sin embargo, darse cuenta de algo no cambiaba nada. Tenía que ser claro sobre la realidad y ella tenía que darse cuenta de que él nunca podría ser lo que las mujeres parecían querer. Quizá pudiese cumplir con su responsabilidad hacia ella y el bebé, pero, sentimentalmente, ¿no estaba cortado por el mismo patrón que el padre de ella? ¿Acaso no había abandonado a todas las mujeres sin importarle sus llantos y sus necesidades?

Ellie Brooks no era su tipo y, aunque lo fuese, él era el hombre que menos necesitaba ella. Ella necesitaba su apellido en el certificado de nacimiento y su dinero. Esbozó una sonrisa amarga. Eso podía dárselo fácilmente, pero, si quería que alguien le diera el amor y el respaldo que no le había dado su padre, él era la persona equivocada. Ella se apartó el flequillo de las cejas y le pareció que estaba pálida. Además, ya no tenía esas generosas curvas y también le pareció que tenía una fragilidad que le daba una luminosidad extraña a su piel. Entonces, súbitamente, fue como si todas sus certezas se desvanecieran. Se olvidó de que lo único sensato era mantener la distancia con ella y quiso abrazarla y consolarla. Perplejo y enfadado, tragó saliva. No quería estar atado a nadie, pero menos a ella porque sabía que tenía algo que no había tenido ninguna otra mujer. Una parte de él. ¿No le daba eso un poder especial? Un poder que ella podría aprovechar fácilmente si él no tenía cuidado. Se dio cuenta de que tenía que salir de allí y se dirigió apresuradamente hacia la puerta.

—Deshaz el equipaje —le dijo con cierta brusquedad—. Luego, tendremos que sentarnos para comentar los aspectos prácticos de que vivas aquí.

Capítulo 7

ALEK se adueñó de su vida con una velocidad que la dejó algo aturdida. Le consiguió un médico y una tarjeta de crédito. Rellenó todos los formularios para la boda y reservó hora en el registro. Sin embargo, ella se dio cuenta enseguida de que lo mejor de vivir con ese magnate griego era que podía ser feliz cuando estaba sola.

–Trabajo muchas horas y viajo mucho –le dijo él–. Tendrás que entretenerte sola y no acudir a mí porque estás aburrida. ¿Entendido?

Ella contuvo la indignación porque la tratara como si fuese una marioneta sin cerebro y se convenció de que darle una bofetada solo empeoraría una situación ya complicada. Bastante tenía con que fuera de un lado a otro como un dios del sexo como para regañarlo por sus comentarios condescendientes. Estaba intentando por todos los medios concederle el beneficio de la duda, de convencerse de que quizá no pretendiera ser tan ofensivo, de que era un hombre poderoso acostumbrado a dar órdenes y a que las obedecieran. Al principio, hizo exactamente eso. Durante los primeros días en el ático de Knightsbridge estaba tan desorientada por los vertiginosos cambios en su vida que no podía objetar nada a su planteamiento arrollador de la vida. La presentó como su prometida al desconcertante número de empleados que trabajaban para él en la empresa y fuera de

ella e intentó acordarse de todos los nombres. Había
limpiadores que se movían silenciosamente por el piso,
como fantasmas con cubos, y una mujer que se encar-
gaba de que siempre tuviera la nevera y la bodega bien
surtidas. También estaba el médico, quien la visitó en
casa y le dijo que tenía que tomárselo con calma, algo
que hizo al pie de la letra. Se dio cuenta de que era la
primera vez que disfrutaba de un período largo de descanso, sin remordimiento de conciencia, y se concentró
en adaptarse a su nuevo y lujoso entorno. Sin embargo,
todavía le parecía como si el bebé no existiese, aunque
tenía una foto en blanco y negro que mostraba lo que
parecía un anacardo pegado a una poza oscura. Además,
cuando miraba a los preciosos y gélidos ojos de Alek, le
costaba creer que la vida que crecía dentro de ella tuviese alguna relación con él. ¿Querría a su hijo? ¿Era
capaz de amar? Sí era muy capaz de tener relaciones sexuales, le susurró una voz en la cabeza, pero la desoyó
inmediatamente. No iba a pensar en él en ese sentido ni
loca.

El simpático conserje le dio un plano y empezó a ex-
plorar Kensington, Chelsea y el parque cercano, donde
las hojas de los árboles empezaban a amarillear. También empezó a visitar los museos con bastante tiempo
por delante, algo que no había hecho antes.

Alek salía temprano a la oficina y volvía tarde. Solía
entrar con un montón de papeles que había estado leyendo en el coche y con unas gafas de leer oscuras que
le daban un sorprendente aire de empollón sexy. Luego,
iba a su cuarto para ducharse y cambiarse y, también sorprendentemente, desaparecía en la cocina para prepa-
rarles la cena. Todas las noches le sorprendía con un
plato distinto, y su favorito era el de berenjenas con
queso. Le contó que había aprendido a cocinar cuando

tenía dieciséis años, cuando estuvo trabajando en un restaurante y el cocinero le dijo que un hombre que podía alimentarse era un hombre que podía sobrevivir. Ella no se había esperado esa destreza y tardó en acostumbrarse mientras cenaban y comentaban cortésmente lo que habían hecho durante el día, como dos personas que salían juntas por primera vez. Se sentía como en un sueño, como si estuviese pasándole a otra persona. Aunque era una pena que su cuerpo no se sintiera en un sueño, sino, por desgracia, en algo muy real. Su recelo a vivir con él se había cumplido y su presencia le resultaba abrumadora. Por mucho que intentara negarlo, era una fantasía hecha realidad. Peor todavía, sabía lo que era hacer el amor con él y se había quedado ávida de más. Estar todos los días con él solo aumentaba esa avidez.

Lo veía recién duchado y vestido con el pelo todavía mojado y oliendo a limón. Lo veía sentado a la mesa del desayuno poniéndose unos gemelos de oro en la inmaculada camisa blanca y el corazón le daba un vuelco de anhelo. ¿Lo sabía él? ¿Sabía que ella, en sus adentros, se arrepentía de haber insistido en que no tuviesen relaciones sexuales? ¿Se había imaginado ella un brillo burlón en esos ojos azules como el zafiro cuando la miraba? Era como si estuviese disfrutando a costa de ella, como si se burlara porque él podía soportar la abstinencia mejor que ella.

Lo peor llegaba los fines de semana. Él no iba a la oficina y el día se presentaba interminable, cuando, además, lo tenía cerca a todas horas. Entonces, el desayuno resultaba más incómodo que de costumbre. ¿Se imaginaba que la miraba insinuantemente o eso era lo que le gustaría a ella? ¿Se dejaba abierto un botón de la camisa para que ella viera un triángulo de piel dorada y aterciopelada? Ella notaba un cosquilleo en los pechos y una avidez insoportable mientras él le acercaba el frasco de mermelada. Se acordaba de lo que él había dicho sobre fingir afecto para las fotos de la boda y sabía que no iba a costarle nada.

El tercer fin de semana, estaba tan alterada como si estuviese en un examen y se alegró de que Alek propusiera ir a ver el museo Victoria y Alberto. Hacía mucho que quería visitarlo otra vez, aunque, esa vez, las estatuas no le gustaron tanto. No paraba de mirar los rasgos de los reyes y dignatarios esculpidos en mármol, pero todos salían perdiendo si los comparaba con el hombre que la acompañaba. Luego, a última hora, fueron a almorzar a un restaurante al aire libre y tuvo que hacer un esfuerzo para sofocar el ridículo deseo de que la acariciara otra vez. Pensó en su boda y en la noche de bodas y se preguntó cómo lo sobrellevaría. Sería su esposa dentro de un mes, pero los dos parecían decididos a no hablar del asunto. El sol ya estaba descendiendo cuando volvieron dando un paseo por el parque, pero, tras entrar en el piso, no consiguió sentirse cómoda. Le dolían los pies y no paraba de dar vueltas en el sofá. No supo qué esperar cuando Alek cruzó la habitación, se sentó al lado de ella, se puso sus pies descalzos encima de las rodillas y empezó a masajeárselos. Era la primera vez que la tocaba desde hacía mucho tiempo y, a pesar de todo lo que había estado pensando, se quedó helada aunque el corazón se le aceleró. ¿Podría oír él los latidos o incluso verlos debajo de la camiseta? ¿Por eso había esbozado esa sonrisa indolente?

Sin embargo, la tensión inicial se esfumó en cuanto el cálido pulgar empezó a acariciarle la planta del pie y ella se dio cuenta de que no estaba seduciéndola, sino dándole un masaje. Era una maravilla y llegó a pensar lo paradójico que era que él, con todo el dinero que tenía, no podía comprarse algo así. ¿Se daría cuenta de lo mucho que le gustaba ese gesto tan considerado aunque ella había hecho todo lo posible para disimular el placer que le daba? ¿Se daba cuenta de que delicadezas como esa eran los peligrosos ladrillos que le servían para construirse sueños imposibles?

El lunes siguiente estaba bebiendo un té en la cocina cuando él la miró con los ojos entrecerrados por encima del periódico.

–Respecto a esa ropa nueva que ibas a comprarte...

–¿La de premamá?

–No. Me refería a esa ropa bonita que ibas a comprarte para que parecieras la novia de un Sarantos. No queda mucho.

–Lo sé.

–Hasta el momento, no has mostrado mucho interés por la boda.

–Es difícil entusiasmarse por una ceremonia que es una farsa.

Él no entró al trapo.

–Creía que estarías deseando echar mano de mi chequera.

–Siento decepcionarte –replicó ella con una voz inexpresiva y pensando en el masaje.

¿Acaso no se daba cuenta de que algo tan sencillo e íntimo era más valioso para ella que todo su dinero? Naturalmente, no. Era más propio de él imaginársela babeando por su tarjeta de crédito.

–Muy bien, no tiene sentido posponerlo más –él dejó el periódico–. Puedo pedirle a Alannah que te lleve de compras y, de paso, puedes elegir el vestido de novia si quieres. Verás que tiene un gusto fantástico.

–¿Quieres decir que yo no lo tengo?

–No he dicho eso –contestó él con el ceño fruncido.

–Pero es lo que has dado a entender, ¿no? La pobre Ellie, arrancada del Hampshire rural y sin tener ni idea de comprarse ropa que haga que parezca la esposa del poderoso griego... –ella se levantó tan precipitadamente que él tuvo que sujetarla–. Pues soy perfectamente capaz de comprarme mi ropa y mi vestido de novia. ¿Por qué no me das tu maravillosa tarjeta de crédito para que vea si puedo hacerle justicia? ¡Saldré esta mañana y gastaré sin tregua, como la típica cazafortunas que tanto te gusta retratar!

–Ellie...

Ella se fue a su cuarto y se encerró dando un portazo, pero un rato después, cuando volvió a salir, lo encontró todavía allí con un montón de periódicos casi leídos.

–Creía que ibas a ir a la oficina...

–Ya, no –replicó él–. Voy a llevarte de compras.

–No quiero que tú...

Se le quebró la voz porque cuando sus ojos azules se ablandaban de esa manera hacían que sintiera cosas que no quería sentir.

–No quieres que yo...

No quería que él estuviese al otro lado de una cortina mientras ella intentaba meter su cuerpo desgarbado en ropa bonita. No quería ver la cara de incredulidad de los dependientes al preguntarse qué hacía un hombre como él con una mujer como ella. Salir a comprar ropa era una pesadilla en el mejor de los casos, pero incluir al arrogante Alek lo convertiría en algo infinitamente peor.

–No quiero que estés fuera del probador.

–¿Por qué?

Ella se encogió de hombros, pero ¿por qué no iba a decirle la verdad?

–Mi cuerpo me cohíbe.

–¿Por qué? –insistió él sirviéndose una taza de café.

–Porque sí –ella lo miró con el ceño fruncido–. Casi todas las mujeres se cohíben... cuando están embarazadas.

Él le miró el ombligo con una expresión que indicaba que no estaba acostumbrado a mirar a una mujer sin intenciones sexuales.

–Yo creía que mi reacción a tu cuerpo debería haber bastado para que lo encontraras muy atractivo.

–No se trata de eso.

Ella no quiso recordarle que últimamente no había mostrado el más mínimo interés por su cuerpo porque eso habría hecho que pareciese vulnerable.

–No quiero convertirme en una Cenicienta contigo de testigo.

Él abrió la boca, volvió a cerrarla y suspiró.

–De acuerdo. ¿Qué te parece si soy tu chófer durante todo el día? Te llevaré a unos grandes almacenes, aparcaré y te esperaré. Puedes mandarme un mensaje cuando hayas terminado.

Le pareció tan razonable que no pudo poner ninguna objeción y enseguida se encontró sentada a su lado mientras se abría paso entre el tráfico de la mañana. Estaba un poco aterrada cuando la dejó delante de los almacenes, pero había leído suficientes revistas como para saber que podía pedir los servicios de una *personal shopper*. Además, parecía dar igual que llevara vaqueros y camiseta y que el flequillo desaliñado le cayera sobre los ojos como el de un perro pastor porque la elegante mujer que le asignaron ni se inmutó. Se limitó a preguntarle con delicadeza cuál era el límite superior de su presupuesto. Aunque su instinto era lanzarse a la opción más barata, sabía que Alek no le agradecería que comprara con reparos. Una vez le había dicho que el sueño de toda mujer era hincarle el diente a su tarjeta de crédito, ¿por qué iba a defraudarlo? ¿Por qué no iba a intentar convertirse en la mujer que él y sus elegantes amigos esperaban que fuese?

Descubrió enseguida lo fácil que era ir de compras cuando se tenía dinero. Podía comprar lo mejor, podía conjuntar los modelos con zapatos de cuero y pañuelos de seda. Además, decidió que la ropa cara podía transformar a una persona. Las telas suntuosas parecían realzar su figura en vez de destacar sus defectos. La *personal shopper* le convenció para que se probara vestidos que solía rechazar con el argumento de que los vaqueros eran más prácticos y comprobó que le gustaba el roce de esas telas tan delicadas sobre la piel. Se compró toda la ropa... básica que necesitaba y luego eligió un vestido de novia blanco con reflejos plateados que hacía cosas increíbles con sus ojos y su figura. La *personal shopper* le puso una *pashmina* escarlata sobre los hombros. Era tan delicada que era casi transparente y, además, era el complemento perfecto que le daba vida a la piel. Se miró fijamente en el espejo.

–Perfecto –comentó lentamente.

Cuando salió vestida con alguna de la ropa que se había comprado, se sentía como una mujer nueva y vio que la expresión de Alek cambiaba a medida que se acercaba al coche acompañada por dos empleados cargados de paquetes. Él le pasó el brazo posesivamente por la espalda mientras le abría la puerta del coche y ella se puso rígida porque ese mero contacto era como si la marcara con el calor de su carne. ¿Por eso se puso rígido él también? ¿Por eso entrecerró los ojos y el pulso empezó a palpitarle en una sien? Creyó que él podía estar a punto de tocarla otra vez... y ella deseó que lo hiciera. Sin embargo, un coche pitó y el ruido pareció sacarlo de esa vacilación tan impropia de él.

Él no dijo nada mientras se dirigían a Bond Street, hasta que estuvieron delante del escaparate de una joyería con miles de joyas. Entonces, se volvió hacia ella con esa expresión que ya le había visto antes cuando toda la arrogancia fría que lo caracterizaba dejaba paso a una avidez pura y dura. Le pasó un dedo algo tembloroso por la mejilla y debió de darse cuenta de su estremecimiento porque entrecerró los ojos.

–Pareces... distinta.

–Creía que se trataba de eso –replicó ella en un tono más mordaz del que había pretendido–. ¿No tengo que parecer convincente como la futura señora Sarantos?

–Pero no lo pareces, Ellie, esa es la cuestión –él esbozó una sonrisa extraña–. No pareces nada convincente con esa expresión tensa, no es la que se espera que tenga la mujer que está a punto de casarse con uno de los solteros más codiciados del mundo. No transmite ni alegría ni placer y creo que vamos a tener que remediarlo. ¿No deberíamos mostrar al mundo entero que nuestra relación va en serio, *poulaki mou*?

La besó antes de que ella se diese cuenta de lo que estaba pasando. La besó delante del guarda de seguridad y de todos los transeúntes que circulaban por esa zona tan exclusiva. La abrazó con fuerza e hizo que se sintiera como si fuese suya. El hombre famoso por la discreción de su vida privada estaba haciendo una declaración muy pública. Además, aunque el corazón se le salía del pecho por la alegría, ella se sintió como una mujer a la que estaba poniendo su sello. Era su mujer, su propiedad.

Intentó mantener cerrados los labios para que no introdujera la lengua, para decirle que no era algo que podía poseer, que no podía elegirla y conseguirla cuando a él le daba la gana. Sin embargo, no podía oponer mucha resistencia cuando él se mostraba tan resuelto, cuando tenía sus dedos en la espalda desnuda, cuando su cuerpo estaba tan pegado al de ella que no cabía ni un papel de fumar entre los dos, cuando los pechos se le endurecían debajo del delicado sujetador nuevo. Seguía con sus labios rozándole los de ella y tuvo que cerrar los ojos. Pensó en lo disparatado que era que se despertaran tantos sentimientos solo por un beso. ¿Sabría él que estar entre sus brazos le resultaba placentero en todos los sentidos, y no solo en el sexual? Se sentía a salvo, segura, como si nada malo pudiera alcanzarla. Fue su fuerza, más que su sensualidad, lo que acabó con todo atisbo de resistencia. Lo besó con fervor y pasión y, por el camino, se olvidó de dónde estaba. Le tomó la cabeza entre las manos y dejó escapar un gemido mientras contoneaba las caderas contra él. Al final, fue Alek quien se apartó con un brillo abrasador en los ojos azules.

–Vaya... –susurró él–. Si hubiese sabido que tu reacción iba a ser esta, creo que debería haberte besado en el piso.

Sus palabras rompieron el hechizo y ella se alejó con un regusto amargo. Había permitido que la sedujera otra vez cuando todo eso solo era un juego para él, un juego absurdo y sin significado alguno. La había besado para salirse con la suya y no sabía si había sido una demostración de poder o una forma de hacerle pagar el carísimo guardarropa. En cualquier caso, iba a salir malparada si no tenía cuidado. Se puso de puntillas sobre sus nuevos zapatos de cuero y acercó los labios a su oreja.

–¿Qué buscabas con eso?

–¿Quieres que te dibuje un diagrama? –murmuró él.

–No hace falta –contestó ella dominando la tentación de morderle el lóbulo de la oreja–. El sexo complica las cosas. Ese era el trato, ¿recuerdas?

–Creo que, a juzgar por la reacción que he recibido, podría pasar por alto el trato.

–Yo, no. Además, deberías entender una cosa, Alek –ella tragó saliva e intentó hablar con convencimiento–. No me acostaría contigo aunque fueses el único hombre sobre la faz de la Tierra.

Él inclinó la cabeza hacia atrás, la miró con una expresión burlona y le pasó la yema de un dedo por los labios.

–Creo que eso no es verdad del todo, ¿y tú, Ellie?

–Yo creo que sí –contestó ella con rabia y haciendo un esfuerzo para no morderle el dedo, ni succionárselo–. Sí es verdad.

Él le tomó una mano y ella quiso retirarla como una niña enfadada, pero el portero seguía mirándolos y ella supo que, si quería representar convincentemente el papel de prometida, tenía permitir que siguiera acariciándole la mano y fingir que eso no la excitaba.

–Vamos a comprar tu anillo de boda.

Capítulo 8

EL ANILLO estaba rodeado de resplandecientes diamantes y los zapatos plateados, a juego con el vestido, tenían la suela escarlata. Se tocó el peinado profesional. Efectivamente, parecía una novia, pero una novia sacada de una revista, poco tradicional y bastante nerviosa. El vestido plateado y la *pashmina* escarlata le daban un aire sofisticado al que no estaba acostumbrada y proyectaban una imagen que no era la de ella. Sin embargo, su aspecto esbelto, desconocido para ella, no conseguía sofocar la emoción que sentía desde que Alek y ella se casaron con Nikos y otros empleados como únicos testigos. Le costaba creerse que ya fuesen esposo y esposa y que cincuenta de los amigos más íntimos de Alek se hubiesen reunido en el lujoso restaurante que habían elegido para celebrar el festejo. Le parecía una farsa, y lo era. Aun así...

Miró al anillo de boda. Cuando la besó apasionadamente en Bond Street, ¿no sintió nada? Aunque había intentado convencerse de que él solo había querido salirse con la suya, eso no había bastado para mitigar su reacción. Casi había ardido en llamas por la avidez sexual y por la oleada de sensaciones que la había dominado hasta debilitarla durante mucho tiempo. Fue como si el mundo no hubiese existido durante un buen rato y eso era peligroso.

La llamada apremiante en la puerta de su dormitorio

la devolvió a la realidad y la abrió. Alek estaba impresionante con su traje impecable y una corbata del color de unos nubarrones.

–¿Preparada? –le preguntó él.

Quiso convencerse de que no estaba esperando que él comentara la aparición de ella, pero, entonces, ¿por qué se le había acelerado el corazón de repente? Achacó el nerviosismo previo a la boda a que él no la hubiese alabado cuando la vio con el vestido de novia, pero en ese momento, cuando ya estaban casados, él podría decir algo... ¿Acaso había esperado que se le iluminaran los ojos y le dijera que era una novia medio aceptable? ¿Esperaba que él se insinuara otra vez y que ella le dejara seguir para que consumaran el matrimonio y así cumplir con la ley y satisfacer sus ávidos cuerpos? Tragó saliva. Si era sincera, eso era lo que había querido. Había estado sobre ascuas desde que volvieron de compras hasta la breve ceremonia civil. Había estado convencida de que él intentaría renegociar el acuerdo de dormir en dormitorios separados, pero se había equivocado. A pesar de lo que había dicho ella, él tenía que haber sabido que había cambiado de opinión, que bastaba con que la besara otra vez para que fuese suya. Sin embargo, no se podía predecir lo que iba a hacer Alek. Parecía como si, premeditadamente, él se hubiese mantenido alejado de ella desde entonces. Se movía alrededor de ella como si fuese un artefacto explosivo y no se atreviese a acercarse. Incluso esa mañana, cuando le puso el anillo, se limitó a darle un beso frío y rutinario en cada mejilla.

–Sí, estoy preparada –contestó ella con la mejor de sus sonrisas de camarera.

–Entonces, vamos.

Sintió una náusea por el nerviosismo de conocer a sus amigos, sobre todo, cuando ella solo había invitado a Bridget, quien no había podido asistir porque la dependienta nueva todavía no estaba lo bastante preparada para dejarla sola. Tomó el bolso de mano. Había pensado invitar a algunos de sus amigos de New Forest, pero ¿cómo iba a explicarles que iba a casarse con un hombre al que no conocía casi? ¿Alguna de sus amigas no se extrañaría de que no abrazara al hombre con el que pensaba pasar el resto de su vida y se riera con él? No. No quería que tuviesen lástima o que alguien bien intencionado intentase disuadirla de la única solución sensata a su dilema. Iba a tener que sobrellevarlo sola. Iba a tener que estar radiante y no permitir que aflorara ninguna de sus inseguridades. Iba a tener que conseguir que su matrimonio pareciese auténtico delante de los amigos de él y podía parecer convincente ante personas que no la conocían.

–Recuérdame otra vez quién va a asistir –le pidió ella mientras el coche avanzaba entre el tráfico de primera hora de la tarde.

–Niccolò y Alannah; él es magnate inmobiliario y ella, diseñadora de interiores. Luis y Carly; él es excampeón de carreras de coches y ella, su esposa y médica. Ah, y Murat.

Ellie esbozó una sonrisa forzada. ¿No conocía a ninguna persona que fuese... normal?

–¿El sultán?

–Efectivamente. Por eso, la seguridad será muy estricta.

–¿Quieres decir que van a cachearme para entrar en mi festejo de boda?

Él había estado mirando fijamente por el parabrisas y tamborileando con los dedos en uno de sus muslos tensos. A ella le gustaría que dijera algo igual de absurdo para disipar ese ambiente tan raro que había entre ellos. Sin embargo, se limitó a resumir la lista de invitados.

–Hay personas que vienen de París, Nueva York, Sicilia...

–Y Grecia, claro –le interrumpió ella.

–No, de Grecia, no.

–Pero... tú eres griego...

–¿Y qué? Me marché hace mucho de allí y voy muy rara vez.

–Pero...

–¿No podemos dejar el interrogatorio, Ellie? No me apetece seguir contestando preguntas y, además, ya estamos llegando.

–Claro.

Ella volvió a mirar por la ventanilla y él sintió una punzada de remordimiento al captar la tensión de su espalda. Quizá hubiese sido cortante, pero ella tenía que darse cuenta de que no le parecía divertido que lo interrogaran. Sin embargo, ¿qué había esperado? ¿Acaso no era eso lo que pasaba cuando estabas mucho tiempo con una mujer? Se sentían con el derecho a desmenuzarlo todo, a preguntarte cosas de las que no querías hablar aunque hubieses dejado muy claro que ese asunto estaba vetado.

Nunca había vivido con nadie. Nunca había permitido que entrara otro cepillo de dientes ni había tenido que dejar sitio en su armario. Aunque tenían habitaciones independientes, algunas veces le daba la sensación de que no podía distanciarse de ella, y lo más absurdo era que no quería distanciarse de ella. Quería estar más cerca aunque su instinto le decía que era una mala idea. Era una tentación constante. Hacía que él la deseara todo el tiempo, aunque no coqueteaba con él. ¿Sería eso lo que lo excitaba? La veía todas las mañanas mientras bebía té con una sonrisa y los ojos brillantes. También estaba por la noche, cuando volvía a casa, y se ofrecía a servirle algo de beber y le contaba que había empezado a experimentar en la cocina. Le había pedido que le enseñara a cocinar el plato de berenjenas y se había encontrado peligrosamente inclinado al lado de ella mientras revolvía algo en una cazuela, había estado muy tentado de besarle el cuello que tenía tan cerca. Su presencia estaba volviéndole loco lenta y sutilmente. Sobre todo, estaba volviéndole loco porque la deseaba y solo podía echarse la culpa a sí mismo.

El beso ardiente delante de la joyería había querido ser una distracción. Aunque, si era sincero, también había querido ser una demostración arrogante de su maestría en cuestiones sexuales para demostrarle que él era el jefe y lo sería siempre. Sin embargo, le había salido el tiro por la culata. Había reavivado su deseo y estaba dominado por una avidez sexual que lo mantenía despierto casi todas las noches, mirando al techo e imaginándose las cosas que la gustaría hacer con ella. Sabía que nada le impedía pasar a la acción, entrar en su dormitorio cuando estuviese oscuro, apartar una sábana y encontrársela... ¿desnuda o con un camisón corto y vaporoso que podría haberse comprado al mismo tiempo que los zapatos de tacón y la ropa nueva? Esas miradas fugaces y esos contactos accidentales lo habían convencido de lo que ya sabía, que lo deseaba tanto como él a ella. Estaba seguro de que podría entrar en ella en cuanto se lo propusiera, que podría introducir los dedos entre su pelo casi blanco y mirar sus maravillosas curvas. Y luego, ¿qué?

Sintió otro remordimiento de conciencia, algo desconocido para él, que bastó para sofocar el deseo en ese instante. ¿Iba a hacer que se enamorara de él? ¿Iba a romperle el corazón, como ya había roto tantos, y a dejarla amargada cuando Ellie, más que nadie, tenía que permanecer a su lado? Estaba esperando su hijo y tenía que conservarla como amiga, no como amante.

Nada había cambiado dentro de él. Había creído que no sentiría nada por la vida que estaba gestándose en el vientre de ella, que se sentiría indiferente a su embarazo, pero se había equivocado. El corazón se le encogió como una pasa la primera vez que le vio pasarse una mano por el vientre todavía plano. Se había encontrado observándola, cuando ella no se daba cuenta, con una fascinación que no podía dominar. Cuando estaba acurrucada en una butaca leyendo un libro y consiguiendo que su vida pareciese... casi normal. Él nunca había sido normal. Había anhelado insoportablemente la vida familiar que solo había sido un vacío oscuro durante su infancia. Había empezado a preguntarse si podría darle a ese hijo lo que él no había tenido. Solo tenía una certeza, no podía romper el corazón de la madre de su hijo.

El coche se detuvo delante del restaurante y no pudo dejar de mirarla mientras se ponía el chal escarlata alrededor de los hombros. Quiso abrazarla y quitarle el carmín con un beso, pero ¿por qué iba a empezar la noche con promesas falsas?

—Estás... muy bien —comentó él en un tono inexpresivo mientras el conductor abría la puerta de la limusina.

—Gracias.

Ellie agarró con fuerza la cadena dorada de su bolso de mano. ¿Primero la abrasaba por dentro y luego le decía que estaba muy bien? ¿Eso era lo mejor que podía decir? Su profesor de ciencias del colegio la había alabado más, y eso que era un desastre en ciencias. Se bajó con cuidado, se equilibró sobre los tacones altos y pensó en lo distinta que tenía que parecer a la Ellie de antes con tantos diamantes en el dedo que podría comprarse un piso.

Agradeció la coraza de la ropa nueva y cara en una habitación donde todas las mujeres eran impresionantes, pero también sintió una añoranza repentina. Todas las esposas y novias parecían muy felices, ¿lo parecía ella? ¿Parecía serena y embelesada como debería parecer una recién casada? Se preguntó si alguien se daría cuenta de que se sentía como si se agarrase a esa realidad nueva con la punta de los dedos. Sin embargo, algunas veces, se imaginaba cosas que resultaban no ser tan malas como temía. Alannah, la mujer que había decorado el piso de Alek, resultó ser menos aterradora de lo que se había imaginado. Quizá fuese porque estaba casada con Niccolò da Conti, un hombre increíblemente guapo que captaba la atención casi tanto como Alek y que, evidentemente, adoraba a su esposa.

Algunos invitados eran más memorables que otros. Estuvo una eternidad hablando con Luis y Carly y descubrió que eran amigos desde hacía muchos años. Cuando llegó el sultán, el último, los nervios se adueñaron de ella porque nunca había conocido a nadie de la realeza y quizá no se hubiese comprado unos tacones tan altos si hubiese sabido que iba a tener que hacer una reverencia, pero Murat era encantador y la tranquilizó enseguida. Además, su esposa era galesa y muy simpática.

Observó los grupos de hombres que se reían y, mientras escuchaba a sus esposas, que comentaban sus obligaciones sociales, intentó no parecer un pulpo en un garaje.

–Déjame ver el anillo –le pidió Alannah mientras le tomaba la mano–. ¡Es precioso! Esos diamantes son tan brillantes que parecen azules –levantó la mirada y le sonrió–. Háblanos de cómo te lo pidió Alek, ¿fue romántico?

Ellie deseó haber previsto esa pregunta tan comprensible y haber preparado una respuesta. No sabía hasta qué punto podía ser sincera, no sabía qué les había contado él. Sí sabía que, aparte del ligero abultamiento de los pechos, no tenía ningún signo externo de que estuviese embarazada. Era posible que algunas de esas mujeres ya hubiesen adivinado por qué el soltero más recalcitrante del mundo le había puesto un anillo en el dedo, pero ella, aunque no sabía por qué, tampoco quería decirles el motivo. ¿Esa noche no podía ser su fantasía? ¿No podía representar el papel de novia radiante por una vez? Sonrió y le resultó ridículamente fácil hacer que la voz le temblara al dejarse llevar por la memoria.

–Me besó en Bond Street y casi consiguió que el tráfico se parara.

–¿De verdad? –Alannah sonrió–. ¿Alek Sarantos el que no muestra su vida privada? ¿No leí algo de un beso que te dio cuando trabajabas de camarera?

Ellie asintió con la cabeza porque el nudo que se le había formado en la garganta no le dejó hablar. Se preguntó si Alek pensaría alguna vez en ese momento de pasión bajo el cielo estrellado, en ese segundo insensato que había puesto en marcha el efecto dominó que los había llevado hasta allí. ¿Se arrepentía? Lo vio charlando con Murat y se dio cuenta de que ella no podía arrepentirse de lo que había pasado porque, algunas veces, los sentimientos desafiaban a la lógica. Había pasado algo increíble cuando se acostó con él y no podía borrárselo de la memoria. Podía ser frío y arrogante, pero tenía algo que la atraía como un imán por mucho que ella intentara resistirse. Quizá fuese absurdo quererlo, pero ¿significaba eso que era un error? ¿Se puede evitar enamorarse de alguien aunque se sepa que es una equivocación? Él sonrió por algo que había dicho Murat e hizo un gesto con las manos que jamás habría hecho un inglés. Ella no había estado en Grecia, pero, en ese momento, él parecía resumir esa tierra con su historia y sus pasiones. Sin embargo, esa parte de su vida seguía siendo un misterio para ella. Él se había encerrado en sí mismo cuando ella mencionó su país, había cambiado de conversación y le había dejado muy claro quién tenía el poder en esa relación. ¿Qué sabía del padre de su hijo? Miró la rodaja de lima que flotaba en su tónica. Seguramente, sabía tanto como lo que sabía de su propio padre.

Dejó a un lado esos pensamientos e intentó sumarse al espíritu del festejo. Probó unos canapés y se quedó junto a Alek mientras él pronunciaba un breve discurso sobre el amor y el matrimonio. Eso fue lo que más le costó, el momento en el que quiso quitarse de encima la mano que tenía en los hombros porque estaba despertando todo tipo de reacciones, estaba consiguiendo que quisiera volver a sentir esa conexión extraordinaria con él, tumbarse con él y sentirlo muy dentro. Estaba consiguiendo que se preguntara por qué se había empeñado en que durmieran en habitaciones separadas sin darse cuenta de que eso solo aumentaba el deseo que sentía por él.

Habló con todos los invitados y fingió que volvía a ser la Ellie sonriente que estaba formándose para ser directora de hotel. Una a una, las personas no eran tan aterradoras por muy intimidantes que pudieran parecer. Conoció a un juez, a una actriz de Hollywood y a un español con aspecto de pirata llamado Vicente de Castilla que atraía muchas miradas disimuladas. Sin embargo, por muy impresionante que fuese Vicente, solo había un hombre que atraía su atención y sabía dónde estaba exactamente en todo momento. Captaba toda su atención y tenía que hacer un esfuerzo para no mirarlo. En un momento dado, él giró lentamente la cabeza para mirarla con un destello azul en los ojos. Ella miró hacia otro lado al sentirse el centro de atención, pero él se acercó y le rodeó la cintura con un brazo como si la tocara así constantemente cuando los dos sabían que no la tocaba en absoluto. Ella sabía que lo hacía para darle verosimilitud a su matrimonio, sabía que ese contacto no significaba nada, pero, desgraciadamente, su cuerpo no lo sabía. Estaba consiguiendo que deseara más, que deseara que todo fuese verdadero, que se hubiera casado con ella porque la amaba y no porque estaba esperando un hijo. Se disculpó y fue al cuarto de baño, donde se encontró con Alannah cepillándose la melena negra enfrente del espejo.

–¿Estás pasándotelo bien?

Ellie sonrió y miró los ojos azules de la otra mujer.

–Es maravilloso. El sitio es increíble y todos los amigos de Alek son encantadores y muy acogedores.

–No hace falta que digas eso –Alannah se rio–, pero muchas gracias en cualquier caso. Sencillamente, todos nos alegramos mucho por él. Nadie creía que fuese a sentar la cabeza. Supongo que sabrás que nunca se había comprometido con nadie. Niccolò era exactamente igual. Solo tenían que encontrar la mujer indicada –añadió ella mientras abría la puerta y se despedía con la mano.

Se quedó sola. La mujer indicada. Si supieran que los recién casados estaban todo los distanciados que podían estar dos personas, se atragantarían con el champán. Sin embargo, había sido ella la que había querido que tuvieran habitaciones separadas, había creído que la distancia entre ellos la protegería del dolor. Sin embargo, deseaba a Alek por mucho que intentara no desearlo. Se miró en el espejo y le pareció que su aspecto no delataba su desasosiego. El vestido plateado resplandecía y el pelo le caía perfectamente peinado sobre los hombros. No se parecía a sí misma y tampoco se sentía ella misma. Solo podía sentir un anhelo casi doloroso. Sería un disparate, pero la verdad era que deseaba a Alek. Cerró los ojos. Deseaba algo más que ese único encuentro que la dejó embarazada. Deseaba algo lento y hermoso porque todo lo demás había pasado muy deprisa. Se había quedado embarazada después de aquella vez. Había exigido que se casara y se había ido a vivir con él. Había acudido a las citas con el médico, se había cuidado y había intentado mantenerse ocupada. Sin embargo, no era un recortable. Tenía sentimientos. Unos sentimientos que había intentado congelar, pero que, en algún momento, habían empezado a derretirse. ¿Qué iba a hacer? ¿Tendría valor para perseguir lo que quería de verdad sin importarle las consecuencias? ¿Se atrevía a correr el riesgo de salir malparada a cambio de otro momento de pasión?

Tomó el bolso de mano, salió al pasillo y se quedó helada cuando la sombra de Alek cayó sobre ella.

—Me has asustado –dijo ella intentando sonreír.

Alek notó que el pulso le palpitaba en la sien y la miró fijamente. Estaba tan cerca que podía tocarla. El pelo le caía sobre los hombros y tenía esa belleza ligeramente intocable de todas las novias. Sin embargo, solo podía pensar en su piel blanca y en el olor de algo que parecía rosas o canela. Notó un nudo en la garganta.

—Estaba buscándote.

–Pues... aquí estoy –replicó ella mirándolo a los ojos y separando los labios–. ¿Qué quieres...?

Se quedó muy quieto. Vio que los ojos de ella se habían oscurecido y oyó que bajaba la voz. Había estado con suficientes mujeres como para saber cuándo estaban dispuestas a tener relaciones sexuales, pero no se lo había esperado de Ellie y menos esa noche. Sabía que la boda le parecía una farsa, que no habían sido sinceros ni con ellos mismos. Nadie sabía el motivo verdadero para que se casaran, pero no se lo había contado a sus amigos porque el médico había dicho que había cierto riesgo de que el embarazo se malograra hasta pasadas doce semanas. Sin embargo, esas palabras de cautela habían hecho que se diera cuenta de lo mucho que deseaba tener ese hijo, aunque no sabía por qué ni le importaba. Se dio cuenta de que la vida que ella estaba gestando le importaba. ¿Debería decírselo?

Sin embargo, en ese momento, no estaba pensando en el bebé y, al parecer, ella tampoco. Casi podía ver el brillo insinuante de sus ojos y, aunque la deseaba como no había deseado a nadie, un repentino remordimiento de conciencia le dijo que lo más sensato era terminar la noche como la habían empezado: separados. Sin embargo, algunas veces, la decisión acertada era la decisión equivocada cuando iba en contra de lo que le pedía el cuerpo a gritos. El anhelo en las entrañas era insoportable y le tomó la mano, que estaba temblando. Le miró las impecables uñas antes de mirarla a los ojos.

–Te deseo –dijo él en tono vacilante–. ¿Puedes imaginarte cuánto?

–Creo que puedo hacerme una idea.

–Sin embargo, no voy a hacerlo si no es lo que tú deseas –la miró fijamente–. ¿Lo entiendes?

–Alek...

Se le bajó uno de los tirantes del vestido y ella volvió a subírselo con una mano temblorosa y mirándolo con cautela, como si le costara decir lo que iba a decir.

–Tú... Tú eres un hombre con experiencia. Tienes que saber cuánto te deseo.

Él sacudió la cabeza.

–Sé que tu cuerpo me desea y que sintonizamos muy bien físicamente, pero, si vas a despertarte por la mañana con lágrimas en los ojos porque te arrepientes de lo que ha pasado, me retiraré en este instante y actuaremos como si no hubiésemos tenido esta conversación.

Se hizo un silencio que pareció alargarse durante unos minutos interminables.

–No quiero que te... retires –susurró ella por fin.

El corazón se le aceleró y todo el cuerpo se puso en tensión. Se llevó su mano a los labios y no hizo caso de una última, y débil, súplica de su conciencia.

–Entonces, vámonos a casa para que pueda llevarte a la cama.

Capítulo 9

ALEK se sentía como si fuese a explotar, pero sabía que tenía que tomárselo con calma. Se marcharon de la fiesta casi inmediatamente y sonrieron bajo la lluvia de arroz y pétalos de rosa, pero el trayecto a casa había sido silencioso y tenso. No se había atrevido a tocarla y, probablemente, a Ellie le había pasado lo mismo porque se sentó alejada de él y con los hombros rígidos. La tensión dentro del coche fue aumentando hasta que le costó respirar. Además, le aterraba que ella pudiese cambiar de parecer. Había estado más pálida que de costumbre mientras subían en el ascensor. Había parecido como si el espacio fuese opresivo, hasta que la campanilla anunció que habían llegado al ático y rompió el silencio como la campanada de una catedral. Ya se había convencido a sí mismo de que ella había cambiado de parecer mientras abría la puerta del piso, pero... Se abalanzaron el uno en brazos del otro en cuanto la puerta se cerró. El primer beso fue voraz, casi atropellado. Algo se estrelló contra el suelo, pero la empujó contra una pared con una mano dentro de su vestido, hasta que se dio cuenta de que no quería hacerlo así la noche de su boda. Quería demostrarle que sabía lo que significaba la palabra «consideración», quería hacer el amor lentamente, muy lentamente.

La llevó a su dormitorio y ella se quedó mirando alrededor sin disimular cierto nerviosismo.

–Supongo que es el escenario de cientos de seducciones.

–Creo que es un cálculo exagerado –replicó él con ironía–. Supongo que no querrás que te mienta y que te diga que eres la primera mujer que he traído aquí, ¿verdad?

–No, claro que no –contestó ella con una sonrisa débil y vacilante.

–Yo no te he preguntado por tus amantes anteriores, ¿verdad?

–No, no lo has hecho.

Él se preguntó si acaso estaba intentando estropearlo todo antes de que hubiese empezado. ¿Por qué no le había dicho que ella, con ese vestido plateado, eclipsaba a todas las mujeres que había conocido, que era hermosa, delicada y apetecible? Dejó escapar un gruñido de rabia dirigido a sí mismo antes de abrazarla y besarla. Oyó que ella contenía el aliento mientras lo agarraba de los hombros. La besó hasta que ella empezó a relajarse, hasta que se estrechó contra él y la ropa le pareció un impedimento insoportable. La llevó a la cama, la sentó en el borde y se arrodilló delante.

–¿Qué haces? –preguntó ella en tono burlón mientras él empezaba a quitarle un zapato–. Ya me has pedido la mano...

Él la miró con una expresión también burlona.

–Creía que habías sido tú quien me había pedido la mía.

–Es verdad –ella inclinó la cabeza hacia atrás y resopló con placer cuando él le pasó el pulgar por la planta del pie–. Yo lo hice.

Le quitó los dos zapatos y el vestido y la tumbó en la cama. Él también se quitó los zapatos y los calcetines, se tumbó a su lado, le apartó el pelo de la cara y la besó sin prisa.

–Eres muy hermosa.

–Yo...

Él le puso un dedo en la boca para callarla.

–Lo correcto es decir: «Gracias, Alek».

–Gracias, Alek.

–Sin embargo, me da miedo hacerte daño.

Ella se apartó un mechón de la frente y su rostro le pareció muy tierno. Se le encogió el corazón.

–¿Por el bebé? –preguntó ella con delicadeza.

Él asintió con la cabeza y con cautela por esa ternura que lo ponía en guardia.

–El médico dijo que no pasaba nada –ella se inclinó y lo besó–, pero es posible que lo mejor sea que no nos colguemos de las lámparas.

–No tengo lámparas de techo –replicó él instintivamente.

Sin embargo, ese juego de seducción verbal dejó paso a otro mucho más primitivo. La acarició por encima de las medias y ella dejó escapar unos sonidos de placer. ¿Notaba ella esa vacilación tan impropia de él mientras iba subiendo la mano? ¿Podría oír ella los latidos desbocados de su corazón? ¿Sabría ella que, súbita y ridículamente, todo eso le parecía completamente nuevo?

–No es distinto que antes –susurró ella–. Sigo siendo yo.

Volvió a besarla, pero sí era distinto. Ella era como un barco con un cargamento muy valioso. Su hijo. Tragó saliva, le acarició el ombligo y supo que ella había contenido la respiración, hasta que introdujo la mano por debajo del elástico de las bragas y alcanzó la cálida humedad.

–Mmm... –murmuró ella.

–Mmm... –murmuró él.

Fue a soltarse el cinturón y, de repente, ella empezó a desabotonarle la camisa. Se la quitó con un gemido de placer y él dejó de pensar, se dejó llevar por el erotismo. Le soltó el sujetador y sus pechos quedaron entre sus ávidas manos. Notó el muslo de ella en el de él mientras le bajaba los pantalones con un pie. Olió el aroma de su sexo mientras le quitaba las bragas y las tiraba al suelo. Se miraron a los ojos y se sintió alterado por la inesperada intimidad del momento. Le acarició la cadera.

–No quiero hacerte daño...

Ella se mordió el labio inferior como si hubiese ido a decir algo y se lo hubiese pensando mejor en el último momento.

–Hazme el amor, Alek –dijo ella con una sinceridad que lo abrasó como una llama.

Él entró mientras decía algo en griego, algo impropio de él, aunque todo eso era impropio de él. Nunca se había sentido tan unido a una mujer ni la había visto como una persona en vez de un cuerpo. Lo conmovía y también le daba miedo, algo que no le gustaba. No estaba acostumbrado a perder el dominio, a sentirse como plastilina en manos de una mujer. Gruñó. Quizá no fuese plastilina porque la plastilina era blanda y él estaba duro, más duro que nunca. Además, si no tenía cuidado, iba a llegar al clímax demasiado pronto. Eso era sexo y los dos lo querían. Tenía que tratarlo como sexo. Dejó de mirarla a los ojos y empezó a tomar las riendas. Cada acometida lenta y firme demostraba su poder y dominio. Sonrió cuando ella gimió su nombre y sonrió más cuando empezó a jadear cada vez más deprisa.

–Sí... Sí... ¡Sí...!

Volvió a mirarla mientras alcanzaba el orgasmo con la cabeza hacia atrás y los ojos cerrados. Vio que se estremecía y oyó el grito apagado. Entonces, también vio la primera lágrima que le caía por la mejilla. Frunció el ceño. También había llorado la otra vez y habían quedado en que esa vez no habría lágrimas, no habría lamentaciones, solo placer.

–Alek... –susurró ella.

Él ya no pudo contenerse más y explotó como un volcán.

Debió de quedarse dormido y cuando volvió a abrir los ojos la encontró dormida también. Se tumbó de espaldas y se quedó mirando el techo. Aunque el corazón todavía le latía con fuerza por la euforia posterior al orgasmo, sintió que la confusión lo dejaba frío. Miró alrededor. El vestido de novia estaba tirado en el suelo con sus pantalones y la camisa. Parecía como si hubiesen saqueado su dormitorio, que siempre estaba inmaculado, y se encontró acordándose del objeto que se había roto en el recibidor, una porcelana de valor incalculable que se había hecho añicos a sus pies. ¿Qué tenía esa mujer que hacía que perdiera el dominio de sí mismo de esa manera? Volvió a mirarla. Era como una Venus que surgía de entre las olas blancas de las sábanas. Bajó la mirada a su vientre y el corazón se le encogió al pensar que era padre. Los miedos que había intentado acallar se le amontonaron en la cabeza. ¿Era verdad que los rasgos de la personalidad se heredaban? ¿Por eso había desechado siempre la posibilidad de ser padre? ¿No quería arriesgarse a fracasar en esa tarea como había hecho su padre?

En ese momento, ella abrió los ojos. Estaban diáfanos y cristalinos, sin rastro de lágrimas.

–¿Por qué lloraste cuando hicimos al amor? –le preguntó él.

Ellie se apartó el flequillo de los ojos mecánicamente. La pregunta implicaba una intimidad que ella no había esperado y que le sorprendió. Eso se trataba solo de sexo, ¿no? Eso era lo que él pretendía independientemente de lo que ella sintiera. Si le decía que había llorado porque hacía que se sintiera plena, él se reiría o saldría corriendo en dirección contraria. Si le decía que cuando lo tenía dentro se sentía como si hubiese esperado ese momento toda su vida, ¿no parecería fantasiosa o, peor todavía, exagerada? Si le decía que lloraba por todas las cosas que nunca podría conseguir de él, como su amor, ¿no se parecería a todas las mujeres que, codiciosamente, intentaban conseguir algo de él que sabían que no les daría? Dijo una verdad a medias.

—Porque eres un amante increíble.

—¿Eso hace que llores?

—Díselo a mis hormonas.

—Supongo que debería sentirme halagado, aunque eso depende de le experiencia que tengas.

Ella volvió a apartarse el pelo de los ojos y los entrecerró.

—¿Estás intentando sonsacarme cuántos amantes he tenido?

—¿Te extrañaría?

Ella se sentó y miró al cuerpo moreno de él, que resaltaba sobre la cama deshecha.

—He tenido una relación larga antes de esta. Eso es todo lo que voy a decir del asunto porque me parece de mal gusto hablar de eso, sobre todo, en un momento como este. ¿Te parece bien?

—Me habría parecido mejor que no hubiese habido nadie —él sonrió más insinuante que burlonamente—. Como estoy dispuesto a borrarte de la memoria a cualquier otro, será mejor que vuelvas aquí y me beses en este instante.

Él le tomó un pecho con una mano y, aunque su actitud le parecía intolerablemente machista, ella no pudo evitar la reacción. Se preguntó qué diría él si le dijera que todos los hombres se habían borrado de su cabeza la primera vez que la besó. ¿Se sorprendería? Seguramente, no. Seguramente, las mujeres le decían eso todo el rato.

Ella no había pensado en volver a abrir las piernas tan pronto ni en gritar su nombre como si fuese una plegaria cuando él entró la segunda vez, pero lo hizo. Además, después se quedó como si estuviese desnuda y expuesta en todos los sentidos mientras que él seguía siendo un enigma, como siempre. Se quedó entre sus brazos y, aunque él tenía los labios pegados a su hombro y las palabras salieron apagadas, pudo entenderlas perfectamente.

–Creo que deberíamos dormir juntos de ahora en adelante, ¿qué opinas? Sería un disparate no hacerlo.

Fue una conclusión desapasionada y Ellie se sintió decepcionada, aunque sin motivos. Al fin y al cabo, él estaba siendo coherente. Aun así, se cercioró de que su expresión fuese tan neutra como la de él. Él quería tratar el sexo como si fuese un apetito más que había que saciar, ¿no? Entonces, ella haría lo mismo. Le rodeó el cuello con los brazos.

–Un disparate absoluto –concedió ella con la voz ronca.

Capítulo 10

NI EL anillo de boda ni la puerta cerrada del dormitorio de Alek eran una burla para ella. Ya compartía ese dormitorio, como la cama que había dentro y el hombre que dormía en ella. Se puso un vestido vaporoso y empezó a cepillarse el pelo. Alek y ella estaban plenamente casados en todos los sentidos. Desde la noche de bodas, cuando acabaron con la sequía sexual, habían disfrutado del lecho nupcial hasta un punto que había superado todas sus expectativas. La excitaba con solo esbozar una sonrisa y la tenía desnuda entre sus brazos en cuestión de segundos. Aunque intentara convencerse de que debería resistirse, en un intento inútil de recuperar un poco de dominio sobre su precario equilibrio, sucumbía una y otra vez.

–No puedes resistirte, *poulaki mou* –murmuraba él como si hubiese adivinado lo que intentaba hacer ella–. Sabes que me deseas.

Ese era el problema. Lo deseaba y no podía dejar de desearlo por mucho que intentara decirse que estaba yendo demasiado lejos. Si alguna vez se quedaba mirando al techo melancólicamente después de haber hecho el amor, se cercioraba antes de que él estuviese dormido. Intentaba no quererlo demasiado y disimular sus sentimientos porque eso no era lo que él quería. Eso era lo que una relación personal podía parecerse más a un contrato empresarial.

Sin embargo, su vida también había cambiado en otros sentidos. Empezaron a salir más como una pareja y, a veces, el matrimonio parecía verdadero. La llevaba al teatro, que a ella le encantaba. Veían películas, comían en restaurantes elegantes y recorrían todas las callejuelas de la ciudad. Fueron en coche a la Costa Sur para visitar a Luis y Carly en su impresionante casa que daba a un río precioso.

Aun así, pese a que su vida cotidiana era más plena, pese a la cercanía externa entre ellos, era difícil llegar a conocer al hombre que había detrás de esa imagen hermética. Él podía ser considerado y darle un masaje en los pies cuando estaba cansada, pero, si sus dedos no fuesen de carne y hueso, podría haber pensado que estaba dándoselo un robot. Algunas veces, le parecía que no lo conocía mejor que cuando estaba en The Hog y le entregaron aquella lista de lo que le gustaba y lo que no. Seguía sin saber los motivos de él o por qué la despertaba algunas veces cuando había tenido una pesadilla. Lo miraba y lo veía con los ojos abiertos y perdidos, con el cuerpo tenso, suspendido entre el mundo de los sueños y el de la realidad. Sin embargo, cuando lo despertaba con delicadeza, él se encerraba en sí mismo y le quitaba la preocupación con algo ten sensual que hacía que se olvidara de cualquier pregunta. Era un maestro en el arte de ocultar al hombre que tenía por dentro y en eludir las preguntas. Entrecerraba los fríos ojos azules si ella intentaba profundizar, parecían decirle que no lo atosigara. Sin embargo, si ella insistía, él introducía la mano por debajo de su falda, la dejaba jadeante, las preguntas se disipaban y solo quedaba el placer que le daba una y otra vez. Aun así, ella no tiraba la toalla, se limitaba a no esperar grandes revelaciones y a concentrarse en las pequeñas. Cada vez que descubría algo era como si fuese una victoria, como si hubiese colocado una pieza más del rompecabezas. En esos momentos lánguidos después de haber hecho el amor, le contó cómo había pasado de ser un pinche de cocina en Atenas a tener una cadena de restaurantes. Le contó que había trabajado en una bodega famosa de California para aprenderlo todo sobre el comercio del vino. Le describió con una expresión nostálgica lo bonito que era Qurhah, el país de su amigo Murat, y lo grandes que parecían las estrellas cuando estabas en medio del desierto. Le explicó que la vida era un gran aprendizaje y que todo lo que sabía lo había aprendido solo.

Lo que ella estaba prendiendo más deprisa era lo difícil que le resultaba poner freno a sus sentimientos. No sabía si sus hormonas inestables le cambiaban lo que sentía hacia su marido griego o si el sexo le había quitado la coraza protectora a su corazón. Por mucho que lo intentara, no podía evitar quererlo con toda su alma. El corazón se negaba obstinadamente a escuchar los razonamientos lógicos de la cabeza. Sin embargo, sí sabía lo que les pasaba a esas mujeres que eran tan necias de amar a un hombre que no las amaba. Había visto que la vida de su madre se había empequeñecido porque había querido algo que no iba a poder conseguir. Se había amargado durante años porque no había querido aceptar que no podía conseguir que otra persona hiciera lo que ella quería que hiciera. No iba a permitir que le pasara lo mismo.

Se alisó el vestido vaporoso y fue a la cocina, donde Alek estaba sentado a la mesa con una cafetera medio llena y un montón de periódicos financieros. La miró y siguió todos sus pasos como una serpiente que seguía fascinada el movimiento de una flauta. Ella se había acostumbrado a esa mirada tan viril y posesiva y, con cierto remordimiento, había llegado a que le gustara. Él dejó el periódico, ella se sentó enfrente y los ojos de él dejaron escapar un destello cuando ella tomó el tarro de miel.

–Anoche me encantó lamer mi miel favorita –murmuró él.

–¡Alek! –exclamó ella con los ojos como platos.

–¿Te has a ruborizado, Ellie?

–Desde luego que no. El vapor de la cafetera me ha dado calor.

–¿Te gustaría ir a Italia?

Ellie dejó caer la espátula de madera en el tarro.

–¿Contigo? –preguntó ella.

–Claro que conmigo. A no ser que hayas pensado en otro... –él sonrió y se encogió de hombros con indolencia–. Si quieres, podemos considerarlo una especie de luna de miel. Había pensado que podíamos ir a Lucca. Tengo trabajo en Pisa y puedo ir después, mientras tú vuelves aquí. Lucca es una cuidad preciosa. La llaman la joya escondida de la Toscana. Tiene una plaza ovalada, no cuadrada, una torre con árboles en lo más alto, calles serpenteantes e iglesias maravillosas. ¿No has estado allí?

–No he estado en ningún sitio, aparte de un viaje de un día que hice con mi madre a Calais.

–Muy bien... –él arqueó las cejas–. ¿No me dijiste una vez que te encantaría viajar?

Sí, se lo había dicho, pero eso fue cuando todavía tenía ambición, cuando viajar era parte de su plan de trabajo y la independencia era un sueño verosímil que parecía haber quedado aparcado cuando descubrió que estaba embarazada. Pensó en Italia, con sus colinas verdes y sus tejados de terracota, con sus iglesias famosas y sus estatuas de mármol que solo había visto en fotos. ¿No sería maravilloso ir de luna de miel aunque fuese la luna de miel más inesperada y menos convencional de la historia? Sin embargo, el mero hecho de que Alek la hubiese propuesto le levantaba el ánimo. Era como una rendija abierta en su enigmático marido. ¿Podría convertirla en una luna de miel auténtica, como si fuesen dos personas que se querían y no dos personas que estaban intentando sacar lo mejor de una situación adversa? Se untó la miel en la tostada y le sonrió.

–Me gustaría. Me gustaría muchísimo.

–*Thavmassios*. Saldremos pasado mañana.

Dos días después, aterrizaron en Pisa, donde los recogió un coche que había contratado Alek para que los llevara a Lucca. Tardaron menos de una hora y llegaron a última hora de la tarde, cuando todas las tiendas estaban cerradas y la ciudad parecía aletargada. Ellie miró las murallas y le pareció que nunca había visto nada tan hermoso. Alek había alquilado un piso antiguo que daba a un patio con tiestos llenos de geranios. La cama era de madera oscura y las sábanas olían a lavanda. Ella sabía que no eran como otros novios de luna de miel, pero se sintió rebosante de algo que se parecía mucho a la esperanza. Era dos desconocidos que se mezclaban con otros desconocidos. Quizá, si ella era la única persona que podía ver su marido, se quitaría la careta por una vez.

Hicieron el amor, deshicieron las maletas, se ducharon y Alek la llevó a cenar en un jardín con velas donde se deleitaron con la cocina local. Después, bebieron café bajo las estrellas con las manos entrelazadas sobre la mesa y todo pareció verdadero. Como si estuvieran de verdad de luna de miel y no fuesen dos actores que representaban su papel. Cuando volvieron a casa, ella le rodeó el cuello con los brazos y lo besó apasionadamente. Él la tomó en brazos y la llevó al dormitorio con una expresión que le hizo temblar.

A la mañana siguiente, se despertó sola. Se quedó un momento deleitándose con los sensuales recuerdos de la noche anterior. Luego, se puso una bata, se lavó la cara y salió para buscar a Alek. Estaba sentado en la terraza con el desayuno en una mesa pequeña y el olor a café que se mezclaba con el del jazmín.

–¿De dónde ha salido todo eso? –preguntó ella al ver el pan, los bollos y el jamón curado.

–Me desperté pronto y, como estabas apaciblemente dormida, me fui a dar un paseo y a la vuelta entré en la panadería –contestó él mientras servía dos tazas de café–. ¿Qué te gustaría hacer hoy?

Entonces, sin saber por qué, la escena perfecta que tenía delante empezó a desintegrarse. Todo le pareció muy falso. Allí estaba Alek, con esa belleza dura, la camisa blanca con el cuello abierto, los pantalones oscuros y los ojos azules que resplandecían como joyas. Sin embargo, su distancia cortés hacía que ella se sintiera como si fuese un asunto más que tenía que tachar de su agenda. La sonrisa de él parecía más automática que sincera y le repelió el dominio que tenía de sí mismo y ese desapego intrínseco. No se podía hacer nada con la realidad, pensó mientras notaba una sensación de rebeldía que empezaba a bullirle por dentro. Se sentó y lo miró.

–La verdad, me gustaría hablar del bebé.

–¿Del bebé? –preguntó él quedándose inmóvil.

–Sí, de nuestro bebé. Ya sabes, de ese bebé del que

nunca hablamos —ella se llevó una mano al vientre—. Aunque está gestándose dentro de mí, nunca hablamos de él, ¿verdad? Siempre eludimos el asunto. Quiero decir, voy al médico, te digo que todo va bien y tú consigues parecer complacido. De vez en cuando, incluso me acompañas y asientes con la cabeza, pero sigues actuando como si no pasara nada o como si fuese algo que le pasa a otro, como si nada de esto fuese de verdad.

Él, imperturbable, se encogió de hombros.

—Supongo que podemos tener una conversación hipotética sobre lo que vamos a hacer y cómo vamos a reaccionar cuando llegue el bebé, pero ¿por qué vamos a preocuparnos cuando es imposible predecirlo?

—Entonces, prefieres dejarlo a un lado.

Él entrecerró los ojos y, de repente, pareció menos distante.

—¿No es eso lo que acabo de decir?

Ellie captó la amargura de sus palabras. Vio que su cuerpo se ponía tenso y se preguntó el motivo. También se preguntó por qué no tenía agallas de preguntárselo hasta que le contestara. ¿Qué le daba tanto miedo? ¿Le daba miedo que, si desvelaba sus secretos, podía descubrir algo que mataría la esperanza que, neciamente, albergaba en el corazón? Aun así, tenía que ser mejor saber y afrontar la verdad por muy sombría que fuese, mejor que hacerse ilusiones que no se materializarían nunca.

—¿Sabes una cosa? Desde que estamos juntos, no has hablado nunca de tu infancia. Aparte de ese comentario suelto sobre que nunca habías utilizado el transporte público porque tu padre tenía una isla.

—¿Por qué crees que habrá sido? —preguntó él—. Normalmente, si alguien no quiere hablar de algo, es porque tiene un motivo.

–Nunca me has contado nada de tu familia –insistió ella–. Nada. Ni siquiera sé si tienes hermanos.

–No los tengo.

–Tampoco has hablado de tus padres.

–Es posible que sea porque no quiero hablar de ellos.

–Alek –ella se inclinó hacia delante–, tienes que contármelo.

–¿Por qué?

–Porque hay un bebé que va a tener los mismos genes que tus padres. Tu padre...

–Está muerto –le interrumpió él inexpresivamente–. Créeme, deberías esperar que nuestro hijo no tenga mucho genes como los de él.

–¿Y tu madre? –preguntó ella estremeciéndose.

–¿Qué pasa con ella?

A Ellie le sorprendió el tono implacable de su voz y supo que estaba metiéndose en un terreno peligroso. Sin embargo, esa vez ya no podía echarse atrás. Si se echaba atrás, quizá se ganara la aceptación provisional de él, pero luego, ¿qué pasaría? Que ella aceptaría una vida de medias verdades, que traería un hijo a un mundo de ignorancia donde nada era lo que parecía. El conocimiento era el poder y el poder en esa relación ya estaba desequilibrado.

–¿Todavía está viva?

–No lo sé –contestó él con una voz gélida–. No sé absolutamente nada de ella. Me abandonó cuando era un bebé. Aunque soy famoso por mi capacidad para recordar, ni siquiera recuerdo eso. ¿Ya estás satisfecha?

La cabeza le daba vueltas. Su madre lo había abandonado. ¿No era eso lo peor que podía pasarle a una persona? Había leído en algún sitio que era mejor el maltrato que el abandono y entonces se preguntó si sería verdad. Supuso que al maltratador se le podía hacer frente, pero que, si te abandonaban, solo te quedaría la

sensación de vacío y desconcierto. Se imaginó a un
bebé diminuto que se despertaba una mañana y que lloraba para llamar a su madre, pero que esa madre no llegaba nunca. ¿Qué se sentiría al desear el consuelo de
un abrazo maternal y no volver a recibirlo jamás? Aunque el vínculo no fuese muy fuerte, un abrazo podía significar la seguridad para un niño indefenso. En un sentido primitivo y subliminal, ¿haría eso que no pudieses
confiar en una mujer después? ¿Explicaría eso su frialdad y su falta de intimidad verdadera por mucho que hiciesen el amor?

–¿Qué... qué pasó?

–Acabo de decírtelo.

–No –lo miró a los ojos dispuesta a no achicarse por
la furia que brillaba en esos ojos azules–. Solo me has
dicho los hechos sin más.

–¿Y no se te ocurre que es posible que solo quiera
decirte eso? –él se levantó y empezó a ir de un lado a
otro–. ¿Por qué no aprendes a dar algo por zanjado?

Nunca lo había visto tan enfadado y unas semanas
antes quizá sí hubiese cedido, pero ya no. Ya no era alguien que quisiera ganarse su afecto o conservar la tranquilidad por encima de todo, era una futura madre y
quería ser la mejor madre posible, y eso implicaba descifrar al padre del bebé aunque eso los separara más.
Era un riesgo que tenía que correr.

–Porque no está zanjado –contestó ella con obstinación.

–¿Qué importa que una mujer se largara de una casa
en una isla griega hace más de treinta años?

–Importa mucho. Quiero saber cómo era. Quiero saber si era artista o se le daban bien las matemáticas. Estoy intentando atar cabos, Alek, imaginarme los rasgos
que podría heredar nuestro hijo. Es posible que tenga

una importancia añadida para mí porque no sé gran cosa de mi padre. Si las cosas fuesen distintas, ya habría aprendido las respuestas a estas preguntas.

Alek la miró fijamente mientras sus palabras apasionadas se abrían paso en la silenciosa mañana italiana. Su infancia no había sido un jardín de rosas, pero, al fin y al cabo, su madre se había quedado a su lado. La persona en la que, teóricamente, se podía confiar no había rechazado a Ellie. El jazmín y los limoneros enanos hacían que pareciera el personaje de un cuadro. Parecía joven y lozana con la bata de seda y nada podía disimular el brillo de esperanza de sus ojos. ¿Creía que iba a haber un final de cuento de hadas, que él podía pasar por encima de todo y que todo acabara bien con unas palabras cuidadosamente elegidas? Apretó los dientes. Quizá debería decirle la verdad, que entendiera el tipo de hombre que era y por qué, que él no se había inventado esa frialdad emocional para pasar el rato. Se la habían inculcado desde el principio, era tan profunda que él no podía ser de otra manera. Si ella lo supiera, quizá se olvidara de esos sueños color de rosa que podía llegar a albergar y viera que los muros que había levantado a su alrededor eran impenetrables... y por qué quería que siguieran siéndolo.

—No hubo visitas ni vacaciones. No supe nada de mi madre durante mucho tiempo, ni de ninguna madre, claro. Cuando te crías sin algo, ni siquiera te das cuenta de que no lo tienes. Su nombre no se pronunciaba delante de mí y las únicas mujeres que conocí fueron las rameras de mi padre.

Ella hizo una mueca de disgusto por la palabra y él vio que ponía una expresión comprensiva.

—Es muy natural que no te gustaran las mujeres que suplantaron a tu madre...

–¡Por favor! No hagas psicología de aficionada –le interrumpió él pasándose los dedos por el pelo–. No hago un juicio remilgado porque así me siento mejor. Eran rameras. Parecían rameras y se comportaban como rameras. Él las pagaba a cambio de sexo. Eran las únicas mujeres que tenían contacto conmigo. Me crié creyendo que todas la mujeres se maquillaban como payasos y se ponían faldas tan cortas que podías verles las bragas.

Una en concreto invitó a un niño de doce años a que le bajara las bragas para que pudiera pasarlo bien. ¿Ya lo creía? ¿Por eso se mordía al labio inferior? Casi podía ver cómo le daba vueltas a la cabeza para encontrar algo que decir, como si quisiera encontrar algo positivo en lo que acababa de decirle. Podría haberle ahorrado el esfuerzo y decirle que eso no existía.

–Pero... tendrías amigos –comentó ella con cierta desesperación–. Verías a sus madres y te preguntarías qué había pasado con la tuya.

–No tenía amigos –replicó él inexpresivamente–. Mi vida estaba escrupulosamente controlada. Mi casa podría haber sido una prisión. Solo veía a los sirvientes. A mi padre le gustaban los sirvientes solteros y sin hijos para que le dedicaran todo el tiempo a él. Si no tienes elementos de comparación, no puedes hacer la comparación. Vivía en un sitio enorme que parecía un palacio y me educaban en casa. No supe nada de mi madre hasta que tuve siete años y el niño que me lo contó recibió una paliza.

Él se quedó mirando al infinito. ¿Debería decirle que las heridas del niño fueron tan graves que tuvieron que llevárselo en helicóptero y que nunca volvió? ¿Debería decirle que los padres del niño, aunque eran extremadamente pobres, amenazaron con acudir a la policía? Él era muy joven, pero se acordaba del pánico que se adueñó de todos. Recordaba las caras de miedo de los asesores de su padre, como si esa vez su padre se hubiese excedido de verdad. Sin embargo, se escabulló como siempre. Ofreció dinero, lo aceptaron y se evitó otra catástrofe. El dinero conseguía lo que querías. Compraba el silencio como compraba sexo. ¿No había hecho él lo mismo? ¿No había pagado para rescindir el contrato de Ellie en la pastelería? ¿No había sido tan despiadado como habría sido su padre?

Vio la angustia de ella e intentó imaginarse qué le parecería. Seguramente, increíble. Como una de esas películas pornográficas que los guardaespaldas de su padre solían ver por la noche. ¿Si dejaba la historia en ese punto, entendería ella por qué no era como los demás hombres? Sin embargo, ella le había pedido la verdad y quizá siguiera pidiéndosela, machacando como siempre hacían las mujeres. Se dio cuenta de que, por primera vez en su vida, no podía limitarse a dejarla al margen ni a dejar de contestar sus llamadas. No podía hacer que desapareciera de su vida como había hecho siempre. Le gustase o no, estaba atado a Ellie Brooks, mejor dicho, a Ellie Sarantos, y ella debería aprender que era preferible no hacer preguntas por si acaso no te gustaban las respuestas.

–¿Quieres saber algo más? –preguntó él–. ¿Te queda algo por remover?

–¿Qué te dijo ese niño de tu madre?

–Me dijo la verdad, que se había marchado en plena noche con un pescador de la isla.

Alek se apoyó en la barandilla de hierro. Oyó a lo lejos a una mujer que decía algo en italiano y a un niño que la contestaba.

–Fue muy ventajoso que eligiese un amante con su

propio barco porque, si no, no habrían podido escapar
de la isla sin que mi padre se enterara. Sin embargo,
creo que su mayor hazaña fue tener una aventura delante de sus narices sin que el viejo lo descubriera, y
que estuviese dispuesta a exponerse a su ira. Debió de
ser una mujer con agallas.

Sintió un dolor abrasador como no había sentido
nunca. Se le clavó en el corazón como un cuchillo he-
rrumbroso y deseó haberle dicho a Ellie que se ocupara
de sus asuntos, pero había empezado y ya no podía parar, con dolor o sin él.

—Mi padre se sintió completamente humillado y bo-
rró todo vestigio de ella, algo que le resultó asombro-
samente fácil.

La miró a los ojos y lo dijo. Nunca lo había recono-
cido antes. No se lo había dicho ni al psicólogo que con-
sultó, con poca confianza, cuando vivió en Nueva York
ni a sus amigos ni a las mujeres que habían dormido con
él y habían intentado sonsacar la verdad. Tragó saliva
mientras la amargura se adueñaba de él como una marea
muy negra.

—Nunca vi una foto de ella. Él las destruyó todas. Mi
madre es una desconocida para mí. Ni siquiera sé cómo
es.

Ella no se quedó boquiabierta ni dijo un tópico sin
sentido para consolarlo. Se quedó sentada y asintió con
la cabeza como si estuviese asimilando todo lo que le
había contado.

—¿Y nunca se te ocurrió buscarla para oír su parte de
la historia?

—¿Por qué iba a querer encontrar a una mujer que me
había abandonado? —preguntó él mirándola fijamente.

—Porque es tu madre, Alek.

Ellie se levantó, se acercó hasta él y lo abrazó como

si no quisiera soltarlo jamás. Él notó que entrelazaba los dedos sobre su espalda, como una de esas escenas a cámara rápida en las que una parra crecía y lo cubría todo en cuestión de segundos. Intentó moverse. No necesitaba su delicadeza ni su compasión. No necesitaba nada de ella. Había aprendido a vivir con el dolor y el abandono y normalizarlos. Había guardado los recuerdos y había cerrado la puerta con llave. ¿Qué derecho tenía ella a obligarlo a abrir esa puerta y a mirar esos espectros sombríos? ¿Le excitaba que él tuviera que enfrentarse a cosas muertas y enterradas?

Quiso apartarla, pero su delicado cuerpo estaba fundiéndose con el de él. Había introducido los dedos entre su pelo y, de repente, empezó a besarla como si fuese un hombre que por fin había perdido el dominio de sí mismo, que se dejaba arrastrar por un beso dulce como la miel que hacía que sintiera... Se apartó bruscamente y con el corazón acelerado. No quería sentir nada. Ella despertaba cosas que era mejor dejar como estaban. Ella tenía que aprender que no estaba dispuesto a tolerar semejante intromisión. Lo había hecho una vez, pero no volvería a suceder.

–No quiero ofrecer un espectáculo erótico a los vecinos –comentó él en un tono gélido mientras se acercaba a la mesa y se servía un vaso de zumo–. ¿Por qué no te sientas y desayunas antes de que salgamos a ver cosas? Querías viajar, ¿no? Será mejor que no desperdicies esta ocasión de oro.

Capítulo 11

NO ERA una luna de miel como Dios manda. Efectivamente, Lucca era impresionante y, con un sombrero de paja nuevo, acompañaba a Alek a todos los monumentos de la ciudad. Vio la torre con árboles en lo más alto y bebieron café en la famosa plaza ovalada. Visitaron tantas iglesias que perdió la cuenta y comieron en plazas y patios recónditos. Había estatuas de mármol en jardines con rosales y limoneros y, cuando el sol pegaba con demasiada fuerza, podían pasear por calles sombrías con tiendas que olían al cuero de los bolsos y carteras.

Sin embargo, una frialdad nueva se había adueñado de Alek. Daba igual que el instinto de conocerlo hubiese sido acertado y que, en cierto sentido, fuesen almas gemelas. Los dos habían vivido una infancia bastante espantosa, pero habían elegido sobrellevarla de forma distinta. Había conseguido que le dijera la verdad sobre su pasado y lo conocía mejor, pero ¿a qué precio? No los había acercado más ni los había unido por arte de magia. Era como si las confidencias que le había sacado hubiesen roto la tregua que había habido entre ellos, como si él se hubiese encerrado en sí mismo y la hubiese dejado fuera. Además, le daba la sensación de que esa vez no iba a ver una rendija de luz en la puerta de acero. La rabia había desaparecido y había dejado paso a una consideración y a una cortesía fría que hacía que pareciera más alejado todavía. La hablaba como si fuese su médico. ¿Tenía demasiado calor? ¿Estaba cansada? ¿Tenía hambre? Ella contestaba que estaba muy bien, ¿qué iba a decir? Sin embargo, no estaba bien. Le dolía la cabeza y se sentía pesada. Ella lo achacaba a la tensión que había brotado entre ellos. Ya entendía por qué era distante en el terreno emocional, pero seguía sin saber cómo solucionarlo.

Nikos llamó varias veces desde Londres y Alek contestó y pasó mucho tiempo hablando con él en vez de decirle que estaba de luna de miel. Ella se quedaba sentada en la terraza, sin poder pasar la página del libro, mientras él hablaba en griego sin parar.

¿Acaso había creído que iba a ser fácil? ¿Había sido tan ingenua como para creer que iba a ser más cálido y cercano por sacarle información sobre su dolorosa infancia? Si hubiese sabido que iba a pasar lo contrario, quizá se lo hubiese pensado dos veces antes de preguntarle por la madre que lo había abandonado. No le extrañaba que fuese tan retraído, tan inexpresivo sobre su hijo.

Mareada, lo miró y vio que se guardaba el móvil en el bolsillo con el ceño fruncido.

—Era Nikos —le explicó él.

—¿Otra vez?

—Parece ser que la operación del edificio Rafael está cerrándose antes de lo previsto y el arquitecto va a volar a Londres a última hora de esta tarde.

—Y tienes que volver —añadió ella en tono despreocupado.

—Eso me temo. El asunto en Pisa tendrá que esperar —él frunció más el ceño cuando la miró detenidamente por primera vez—. Estás sudando, ¿te sientes mal?

Sí. Estaba mareada, tenía calor y se sentía desilusionada. Quizá fuese el momento de dejar de buscar quimeras y de atenerse a la realidad.

–Estoy bien –contestó ella–. Será mejor que vaya a hacer el equipaje.

Algo sombrío e inesperado surgió dentro de él mientras la miraba alejarse con los hombros rígidos por la tensión. Algo que le atenazó el corazón y se lo retorció dolorosamente. Maldita fuese. ¿Por qué no se había negado a contestar todas esas preguntas que lo único que habían conseguido era destapar una lata llena de gusanos? Además, una vez que la había distanciado, tampoco había llegado la sensación de alivio que había previsto. Habían dormido separados en la cama, los dos sabían que el otro estaba despierto, pero, aun así, ninguno había hablado... porque no les quedaba nada que decir. Un despiadado giro del destino lo había dejado perdido, sin la suavidad de sus brazos alrededor de él. Era un recordatorio de lo vacío y solo que podía llegar a sentirse por el rechazo. Sin embargo, ¿no era mejor ser él quien rechazaba a ser el rechazado por segunda vez?

Cuando ella volvió de hacer el equipaje, le pareció casi translúcida debajo del sombrero de paja que había llevado durante casi todo el viaje. El sol no le había rozado casi la piel y sus ojos grises estaban en sombra. Aunque sabía que debería decir algo, no se le ocurría nada que llenara ese silencio. Ella no dijo nada durante el viaje a Londres y cuando él encendió el móvil nada más aterrizar, empezó a vibrar por las llamadas perdidas. En el fondo, se alegró de poder enfrascarse en los problemas del trabajo, que eran infinitamente más claros, muy preferibles a tener que enfrentarse a su reproche silencioso o al labio que no dejaba de morderse como si intentara contener las lágrimas. El coche la dejó en el piso y él siguió a la oficina.

–¿Te importa? –le preguntó él.

Ella se rio sarcásticamente, como si supiera que era una pregunta retórica.

–¿Y si me importara? ¿Estarías dispuesto a dejar tu maravilloso trabajo para pasar la tarde conmigo?

–Ellie...

–Lo tomaré como una negativa. En cualquier caso, quiero tumbarme, estoy cansada.

Una vez en el dormitorio, ella cerró las cortinas, puso el móvil en silencio y lo dejó dentro del bolso. Sin embargo, podía oír la insistente vibración mientras estaba tumbada y adormecida, pero le daba pereza levantarse para apagarlo del todo. A las cinco, hizo un esfuerzo, se levantó y vio que tenía tres llamadas perdidas de un número desconocido. Se duchó y, todavía desganada, se puso unos pantalones y una camiseta. Estaba bebiendo un vaso de agua cuando llamaron a la puerta. Se llevó una mano al vientre, abrió la puerta y se encontró con una rubia que no reconoció, pero que sí le pareció vagamente conocida.

–¿Qué desea? –preguntó Ellie.

–¿No me recuerdas?

–¿Debería?

–Te conocí antes de que te casaras. Estaba alojada en The Hog cuando trabajabas allí. ¿Te acuerdas ahora?

Entonces, todo se aclaró. Era la periodista. La rubia fisgona que le preguntó todas esas cosas que ella, neciamente, contestó y que provocó que la despidieran. Miró los ojos gélidos de la mujer.

–No tengo nada que decirle.

–Es posible, pero también es posible que sí quieras saber lo que tengo que decirte yo.

–No lo creo –ella fue a cerrar la puerta–. A mi marido no le gustan los periodistas y a mí tampoco.

–¿Tu marido sabe que tiene un hermano?

Ellie empezó a sudar y se apoyó en la puerta. Pensó en lo que le había contado Alek sobre su infancia. Entre el dolor y el desengaño, no había dicho nada de que su padre hubiese tenido más hijos, pero sí era posible que su madre los hubiese tenido. Si no la había conocido, no podía saberlo.

–Está... mintiendo –replicó ella con la voz quebrada.

–¿Por qué iba a mentir? En realidad, tiene un hermano gemelo. Creía que podía interesarte.

Efectivamente, le interesaba, pero sacudió la cabeza porque esas palabras no tenían sentido.

–Si lo que dice es verdad, ¿por qué lo sabe usted y no él?

La mujer se encogió de hombros.

–Su hermano me pidió que lo buscara y hablara con él. Quería saber si Alek estaría dispuesto a reunirse con él. La primera parte fue fácil, pero la segunda es mucho más difícil porque no he podido acercarme a él para preguntárselo. No da entrevistas ni es el tipo de hombre que bebe solo en los bares. Como has dicho, no le gustan los periodistas.

–¿Le sorprende?

–Ya nada me sorprende –contestó la mujer–. Por eso no pude creerme la suerte que tuve cuando os vi juntos aquella noche. ¡Una camarera que no era su tipo y estabais besuqueándoos como dos adolescentes en una fiesta del colegio! Me pareció la ocasión perfecta para desenmascararlo.

–¿Desenmascararlo? –repitió Ellie con espanto.

–Claro. Si metes a una mujer en la vida de un hombre, ya tienes una vía de entrada.

–Es usted repugnante.

–No, cariño. Me limito a hacer mi trabajo –le mujer

entregó una tarjeta personal a Ellie–. ¿Por qué no le dices que me llame?

La periodista se marchó, Ellie cerró la puerta y se apoyó en ella intentando respirar por todos los medios. Un hermano gemelo... ¿Cómo podía ser? ¿Lo sabía Alek y era otra de las cosas que no le había contado intencionadamente? Se sintió tan relegada que no podía asimilarlo. ¿Esa periodista habría hecho lo que mejor sabían hacer los periodistas? ¿Se habría inventado una historia para intentar sonsacarle algo? El corazón se le desbocó y un dolor desconocido se adueñó de ella, pero no podía quedarse ahí hasta que llegara Alek y la encontrara desorientada como un zombi. Hizo un esfuerzo para vestirse, pero el vestido vaporoso de seda pareció burlarse de ella. Se acordó del día que fue de compras, cuando se sintió tan ridículamente orgullosa de sí misma, como si ser capaz de cargar una factura descomunal en la tarjeta de crédito de un hombre fuese un logro histórico. Se acordó de lo fácil que le resultó gastarse su dinero. ¿Se diferenciaba en algo de todas las demás mujeres que habían adorado su riqueza? Él detestaba a las cazafortunas. Parecía detestar a las mujeres en general y en ese momento entendía el motivo. Como solía decirse, si se conocía al niño hasta que tuvo siete años, se conocía al hombre. Alek había pasado los primeros años de su vida abandonado por su madre y con un padre despiadado. ¿Era tan raro que hubiese encerrado sus sentimientos en un cofre y hubiese tirado la llave a un pozo?

Fue poniéndose cada vez más nerviosa, pero cuando Alek llegó por fin y entró en la sala, le pareció que estaba muy cansado. Ella había pensado abordarlo con delicadeza, pero él debió de captar algo porque frunció el ceño en cuanto la vio.

–¿Qué pasa?

Había intentado encontrar la manera acertada de decírselo, pero quizá no hubiese una manera acertada. No podía protegerlo de lo que estaba a punto de decirle por mucho que lo deseara.

–¿Te acuerdas de la periodista que escribió aquello sobre nosotros?

–No creo que pueda olvidarla –contestó él en tono tenso.

–Ha estado aquí.

–¿Puede saberse cómo ha descubierto dónde vivo? –preguntó él con el ceño fruncido.

–Creo que ese no es el problema.

–¿No? Mi intimidad sí es un problema y creía que ya lo sabías a estas alturas. ¿Qué le has dicho esta vez? –él se rio con amargura–. ¿Le has contado con pelos y señales la infancia trágica de tu marido?

–Yo nunca...

–¿Le has dado la noticia del bebé aunque habíamos acordado no decir nada hasta pasadas doce semanas? –le interrumpió él.

–En realidad, la noticia la tenía ella –Ellie vaciló y tomó aliento–. Me ha contado que tienes un hermano.

–¿Puede saberse de qué estás hablando? –preguntó él con los ojos entrecerrados.

–Es más, un hermano gemelo –ella se pasó la lengua por los labios–. ¿No lo sabías?

–No sé de qué estás hablando –contestó él con frialdad.

–Me pidió ponerse en contacto contigo para saber si estarías dispuesto a reunirte con él.

–¡No tengo un hermano! –bramó él.

–Alek...

Ellie no pudo acabar la frase cuando sintió el dolor

más intenso que había sentido jamás. Unos cuchillos abrasadores se le clavaban cada vez más profundamente en el vientre. Las piernas no la sostenían, se tambaleó y se agarró al borde de la butaca mientras Alek cruzaba la habitación con la cara desencajada por la preocupación para sujetarla. Sin embargo, ella no quería preocupación, quería que algo acabara con ese dolor, no solo el del vientre, también el del corazón.

–¡Déjame! –farfulló ella intentando zafarse sin conseguirlo.

Sin embargo, vio algo más en los ojos de él. Algo que la asustó. ¿Por qué la miraba así? Siguió la dirección de su mirada y vio las gotas de sangre que estaban cayendo sobre la madera encerada del suelo. Entonces debió de ser cuando se desmayó.

Capítulo 12

ALEK sintió un dolor desgarrador en el corazón. No podía respirar ni pensar. No podía ayudarla y tampoco habría podido intentarlo. Ellie no quería que fuese en la ambulancia con ella, o eso le había dicho un enfermero sin atreverse a mirarlo a los ojos. Por primera vez en su vida adulta, se sentía impotente. No podía empeñarse en que las cosas se hiciesen como él quería ni resolver lo que estaba pasando con su influencia o su dinero. Tenía que aceptar la cruda realidad. Ellie estaba mal y el bebé en peligro. Estaba cruzando Londres entre sirenas y destellos azules y no quería que él estuviese cerca. Sintió un regusto amargo en la boca. ¿Quién podía reprochárselo a ella?

Acudió al hospital lo antes que pudo, pero su sentido de la orientación le falló esa vez y se encontró perdido en un laberinto de pasillos hasta que una enfermera se apiadó de él y lo acompañó. Tenía el corazón en la boca cuando llegó a la unidad blanca y aséptica, pero, aun así, no le dejaron verla.

–Soy su marido –argumentó él preguntándose si las palabras sonarían tan falsas como parecían.

¿Qué derecho tenía a llamarse su marido? ¿Por eso lo miraba con esa expresión de censura la enfermera de la sala? ¿Le había contado Ellie la verdad en un momento de debilidad y había pedido a las enfermeras que no lo dejasen acercarse a ella? A él, a ese hombre que solo le había causado dolor.

—El doctor está con ella en este momento.

—Por favor...

Lo dijo con la voz quebrada. No parecía su voz, pero, claro, nunca había pedido nada a nadie desde aquellas noches desdichadas en la fortaleza de su padre, cuando se quedaba despierto con una almohada sobre la cabeza y tan asustado que no podía ni llorar, cuando las garzas graznaban y él suplicaba a un dios indiferente que le devolviera a su madre. Entonces, como en ese momento, él no tenía el control de lo que estaba pasando. Las cosas no pasaban solo porque él quisiera que pasaran. En ese momento comprendió que quizá fuese tan reacio a las relaciones porque no podía controlarlas y ese control se había convertido en su única certeza en un mundo incierto. El corazón le latió con todas sus fuerzas. Quizá solo fuese porque no había tenido una relación verdadera con nadie, hasta Ellie.

—¿Qué tal está? —preguntó a la enfermera mirándola a los ojos.

—Están estabilizándola.

—¿Y... el bebé?

La voz se le quebró otra vez. No había esperado que esa pregunta fuese a dolerle tanto, ni a significar tanto. ¿Cuándo fue el momento crítico en el que esa vida que estaba gestándose se abrió paso en su corazón y se quedó allí? El mundo pareció tambalearse cuando la mujer puso una expresión de calma cautelosa, como si quisiera tranquilizarlo sin darle falsas esperanzas.

—Me temo que es demasiado pronto para saberlo.

Él solo podía aceptarlo y asintió sombríamente con la cabeza mientras lo acompañaban a una sala de espera que daba a una pared de ladrillos horrorosa. Había un montón de revistas en una mesa maltrecha y unos bloques de plástico en un rincón, supuso que para que jugaran los niños que fuesen allí. Niños... Nunca había querido uno, no había querido tener un hijo que pudiese pasar por todo lo que había pasado él. Sin embargo, en ese momento, quería con toda su alma a ese bebé. Nunca lo abandonaría ni lo castigaría ni le haría daño. Solo le daría amor aunque tuviese que aprender a amarlo desde el principio. Cerró los ojos mientras pasaban los minutos. Alguien le llevó café en un vaso de plástico, pero lo dejó intacto. Cuando el médico entró en la sala de espera con otra enfermera, una distinta, se levantó de un salto y supo lo que significaba el miedo. Tenía las manos frías y húmedas y el corazón le latía con fuerza.

–¿Qué tal está?

–Ella está bien. Un poco asustada y conmocionada, pero hemos hecho una ecografía...

–¿Una ecografía?

Se sintió desconcertado por un segundo. Se dio cuenta de que había estado pensando en griego y que no había entendido esa palabra.

–Teníamos que comprobar si el embarazo sigue siendo viable y me alegro de poder decirle que lo es.

–Sigue siendo viable –repitió él como un necio.

–El bebé está bien –le aclaró el médico con amabilidad, como si estuviese hablando a un niño–. Su esposa ha sangrado un poco, algo corriente al principio de un embarazo, pero tendrá que estar tranquila de ahora en adelante. Eso significa que no podrá ir de un lado a otro con prisas ni montar a caballo –él sonrió con delicadeza, como si quisiera prepararlo para un golpe–. Me temo que tampoco podrá tener relaciones sexuales.

Lo llevaron a la habitación de Ellie, quien estaba tumbada en la estrecha cama y casi tan blanca como las sábanas. Tenía los ojos cerrados y el flequillo rubio mojado por el sudor. No se movió y él, recordando las palabras del médico, se sentó silenciosamente en la butaca que tenía al lado y puso una mano encima de la de ella. No supo cuánto tiempo estuvo allí, solo supo que se había olvidado del resto del mundo. Medía el tiempo por el lento goteo de la bolsa que tenía conectada al brazo. Debía de estar mirándola cuando ella se despertó porque, cuando giró la cabeza, vio sus ojos grises clavados en él. Intentó interpretar su expresión, pero no vio nada.

—Hola —le saludó él.

Ella no dijo nada, apartó la mano, se la llevó al vientre e intentó sentarse mientras lo miraba con una expresión de angustia.

—¿El bebé...?

—Está bien.

Ella dejó escapar una especie de sollozo sofocado y se dejó caer sobre la almohada con los labios temblorosos por el alivio.

—Entonces, no lo soñé.

—¿El qué?

—Alguien vino —ella se pasó la lengua por los labios como si le costara hablar—. Me pusieron algo frío en el vientre, le dieron vueltas y comentaron que todo iba a salir bien, pero pensé...

Ellie no pudo terminar y él pensó que era el único culpable. Que si no la hubiese alejado de él, si no hubiese querido imponer sus ridículas reglas, podría consolarla en ese momento, podría abrazarla y decirle que todo iba a salir bien. Sin embargo, no podía garantizar nada que no fuese a cumplir, no podía prometer nada que ella no iba a creer. Solo podía cerciorarse de que ella tuviese todo lo que necesitaba.

—Shhh —susurró él con una delicadeza que no había

empleado jamás y ella cerró los ojos como si no pudiese mirarlo más a los ojos–. El médico ha dicho que tienes que estar tranquila.

–Lo sé –dijo ella derramando unas lágrimas por debajo de las pestañas.

Se quedó ingresada esa noche y al día siguiente quedó al cuidado de él. Ella intentó rechazar la silla de ruedas que le ofrecía, le dijo que era perfectamente capaz de ir andando hasta el coche.

–Dijeron que estuviese tranquila, no que me pase los próximos seis meses como si fuese inválida.

–No voy a correr riesgos –replicó él sin alterarse y con firmeza–. Si no aceptas la silla de ruedas, tendré que llevarte en brazos hasta el aparcamiento y puede ser un espectáculo. Tú decides.

Ella frunció el ceño, pero no protestó mientras la llevaba en la silla de ruedas. Tampoco dijo nada hasta que llegaron al piso, cuando él la sentó en uno de los mullidos sofás y fue a prepararle el té que tanto le gustaba. Lo miró cuando entró con la bandeja, tenía una expresión serena y tomó aliento.

–¿Qué piensas hacer sobre lo de tu hermano?

Él sintió que algo le atenazaba la garganta, como si ella hubiese ido directa a la yugular.

–¿Mi hermano? –preguntó él como si fuese la primera vez que oía esa palabra, como si no se hubiese pasado veinticuatro horas intentando sacársela de la cabeza–. Ahora mismo, solo pienso en ti y el bebé.

–Estás eludiendo el asunto, pero yo no voy a olvidarlo, Alek. Antes de que fuese al hospital, habíamos descubierto algo bastante trascendental sobre...

–No tengo un hermano –le interrumpió él tajantemente–. ¿Entendido?

–¡Eres un cabezota! Es posible que detestes a la periodista y el mensaje que dejó, pero eso no quiere decir que no sea verdad. ¿Por qué iba a mentir?

Él cerró los puños al sentir otra oleada de impotencia, pero esa vez sí podía hacer algo al respecto.

—No estoy dispuesto a seguir hablando de eso.

Ella se encogió de hombros con resignación y un gesto inexpresivo.

—Como quieras. Entenderás que yo no esté dispuesta a seguir durmiendo contigo. Volveré a mi dormitorio.

Alek se encogió. Le dolió más de lo que había previsto aunque no le había sorprendido. Sin embargo, había algo que hacía que quisiera aferrarse a lo que tenían. No supo si era el miedo a perderla o, sencillamente, el miedo a la pérdida.

—Sé que el médico nos aconsejó que no tuviésemos relaciones sexuales, pero puedo sobrellevarlo. Eso no significa que no podamos dormir juntos. Puedo estar a tu lado por la noche por si necesitas algo.

Ella lo miró fijamente, como si se hubiese vuelto loco.

—Puedo llamarte si necesito algo, Alek.

—Pero...

—La farsa ha terminado, Alek. No voy a seguir durmiendo con un desconocido.

—¿Cómo vamos a ser desconocidos si sabes más que nadie sobre mí? —preguntó él con incredulidad.

—Lo sé porque insistí hasta que me lo contaste y fue como sacarle sangre a una piedra. Además, entiendo el motivo. Me doy cuenta de lo doloroso que fue para ti contármelo y de que lo que te pasó es el motivo para que no te guste la intimidad. Entiendo todo eso, pero también me he dado cuenta de que yo sí quiero intimidad. En realidad, lo anhelo. No puedo tener relaciones sexuales solo por el sexo. Tampoco puedo pasar la noche acurrucada a ti. Me desorienta, borra los límites, hace que piense que empezamos a estar más unidos cuando, naturalmente, no lo estamos ni lo estaremos jamás.

–Ellie...

–No –replicó ella con firmeza–. Lo que voy a decir es importante. Escúchame. No te reprocho nada, entiendo que seas como eres. Creo que casi puedo entender que no quieras remover todos esos sentimientos al reunirte con ese hermano que, según tú, no tienes. Sencillamente, no puedo vivir con eso. Si estuviese mínimamente bien, creo que podría llegar a que cambiases de opinión sobre tu deseo de seguir conmigo hasta que nazca el bebé. Creo que los dos sabemos que eso ya no es importante y espero que me conozcas lo suficiente como para saber que te permitiría que vieses a tu hijo cuando quisieras –ella esbozó una leve sonrisa, como si se despidiera de un barco que sabían que no volverían a ver–. Lo ideal sería que volviera a New Forest, que encontrara una casita de campo y que llevara una vida sencilla. Sin embargo, no puedo hacerlo porque el médico no me dejaría y porque tú vives en Londres.

–Ellie...

–No, por favor, déjame que termine. Quiero que sepas que agradezco estar aquí y saber que tú estás cuidándonos al bebé y a mí, porque esto ya se trata solo del bebé y de nada más –siguió ella con la voz temblorosa–. No quiero volver a estar cerca de ti físicamente, Alek. No quiero arriesgarme a las consecuencias y al posible desengaño. ¿Lo entiendes?

Lo más espantoso era que lo entendía, que estaba de acuerdo con todo lo que había dicho ella, que aceptaba cada doloroso argumento, pero algo desconocido le bullía por dentro y lo apremiaba para que lo rebatiera. Sin embargo, no podía. Uno de los motivos para haber llegado a tener tanto éxito en el mundo de los negocios era su capacidad para ver las cosas como eran. Tenía rayos X en los ojos cuando miraba a una empresa en apuros con la intención de sanearla y sacar un beneficio. Tenía que emplear la misma técnica en ese momento. Había destrozado todo porvenir posible con la madre de su hijo, tenía que aceptar la decisión de ella y vivir con las consecuencias. Estaba mucho mejor sin alguien como él, un hombre incapaz de tener sentimientos y al que le daba demasiado miedo intentarlo. Un dolor gélido como una ventisca implacable se adueñó de él.

–Sí, lo entiendo.

Capítulo 13

ENTONCES, ¿por qué estaba tan desasosegado? Miró por el ventanal del despacho y tamborileó con los dedos en la mesa. ¿Por qué no podía aceptar una vida que se adaptaba como un guante a sus necesidades aunque tuviese a una esposa embarazada viviendo en su piso? Las cosas no eran tan distintas. ¿Por qué iba a importarle tanto que Ellie y él estuviesen otra vez en habitaciones separadas? Seguía yendo a trabajar todas las mañanas, como había hecho siempre, aunque Ellie se despertaba tarde y no lo acompañaba a desayunar antes de que se marchara a la oficina. Al menos, suponía que estaba dormida, pero, que él supiera, podría estar haciendo yoga desnuda o metiendo el bombo, cada vez más grande, en un baño lleno de espuma. No sabía qué pasaba detrás de su puerta cerrada, aunque había fantaseado muchas veces.

Se preguntaba si su frustración se reflejaría en su rostro, si se habría delatado la otra mañana, cuando, inesperadamente, la vio volver de la cocina con una taza de té mientras él atendía a una llamada a primera hora de la mañana. Llevaba el pelo despeinado sobre los hombros y una vaporosa bata de flores le disimulaba el vientre y se lo resaltaba a la vez. Tenía la piel tersa y los ojos brillantes aunque era temprano. Le pareció más una jovencita que una mujer de veinticinco años y sintió una punzada de algo parecido al arrepentimiento. El día anterior, el médico había dicho que la madre y el hijo estaban muy bien y él había pensado que, al menos, algo bueno había resultado de todo eso.

Sin embargo, era curioso que siempre se quisiera lo que no se tenía. Si no, ¿por qué iba a estar anhelando su compañía y que se quedara un poco más después de la cena? ¿Por qué iba a querer que ella dijera algo, cualquier cosa, aparte de esos comentarios educados sobre el día que había pasado? Él había hecho algunas concesiones para adaptarse a su embarazo, pero tampoco la habían suavizado. ¿No se había comido sus palabras y había asistido a esa clase de preparación al parto donde tuvieron que tumbarse en el suelo resoplando como ballenas? Aun así, ella mantuvo la distancia y él sintió una punzada de remordimiento. ¿No era lo mismo que había hecho él con ella? ¿No estaba descubriendo que no le gustaba que lo dejaran a un lado? Además, la extrañaba con un anhelo que no tenía nada que ver con el sexo.

—Quiero que sepas que, si quieres empezar a ver a otras mujeres, a mí no me importa —dijo ella en ese tono medido que empleaban las personas que habían ensayado algo que iban a decir.

Él dejó caer el tenedor en el plato con el corazón acelerado. Nunca se había sentido tan asombrado... ni indignado.

—Repite eso.

—Me has oído perfectamente, Alek. Solo te pido que seas discreto, nada más. No quiero especialmente que...

—Espera un segundo —le interrumpió él sin contemplaciones y mirándola con rabia—. ¿Estás diciéndome que quieres que empiece a salir con otras mujeres?

Ellie no contestó inmediatamente. Jugó con la servilleta hasta que se repuso y se dijo a sí misma que era la única solución. No podía tenerlo encadenado como a un león enjaulado.

–No sé si «querer» es el verbo adecuado...

–¿Quieres mirar? –preguntó él hirientemente–. A lo mejor es una de tus fantasías. ¿Te excita la idea de que me acueste con otra mujer, Ellie?

–¡No seas tan repugnante! –exclamó ella poniéndose roja–. Eso no es lo que quería decir y lo sabes.

–¿De verdad? –preguntó él con furia–. ¿Qué debo pensar cuando me das tu bendición para que me acueste con otra mujer mientras estás viviendo bajo mi mismo techo?

–No estaba dándote mi bendición. ¡Solo quería ser justa!

–¿Justa? –repitió él con rabia.

–Sí, justa –contestó ella dando un sorbo de agua con la mano temblorosa–. Sé que eres un hombre con un apetito sexual sano y yo no debería esperar que lo reprimieras solo porque...

–¿Porque ya no me deseas?

Ellie tragó saliva mientras miraba el brillo acusador de sus ojos azules. Si fuese tan sencillo...

–No se trata de que no te desee.

–¿Sientes un placer masoquista porque dormimos separados, porque me paso toda la noche en vela sabiendo que estás en el cuarto de al lado?

–Ya te lo dije. No puedo fingir la intimidad. Además, no empecé esta conversación para hablar de los motivos que tengo para no dormir contigo.

–Entonces, ¿por qué la empezaste?

–Porque intentaba ser... atenta.

–¿Atenta? –él la miró con incredulidad–. ¿A qué te refieres?

–Solo digo que, si quieres aliviar tus frustraciones,

puedes hacerlo, pero que, por favor, seas discreto. No quiero presenciarlo, nada más.

Se hizo un silencio mientras él se miraba los puños cerrados. Cuando volvió a levantar la vista, ella vio algo desconocido en sus ojos.

–¿Por qué no tú cuando eres la única mujer que deseo? Cuando los dos sabemos que, si doy la vuelta a la mesa y empiezo a besarte, arderás en llamas como haces siempre que te toco.

–¿Por qué no lo haces? –lo desafió ella–. ¿Por qué no tomas el control, como haces tan bien, y me evitas tener que decidir?

Él sacudió la cabeza y se rio levemente.

–Porque eso haría que fuese demasiado fácil. Un apaño a corto plazo, no una solución. Tienes que estar conmigo porque quieres, Ellie, no porque tu cuerpo reacciona a algo que hago yo.

Ella miró la servilleta y el vaso de agua, pero cuando levantó la vista, negó con la cabeza.

–No puedo. Sería un disparate intentarlo siquiera. Estamos pensando en el divorcio para dentro de poco y tengo que acostumbrarme, intento acostumbrarme a vivir separados, como acordamos.

–¿Y si yo te dijera que no quiero que vivamos separados ni el divorcio? ¿Y si te dijera que quiero que volvamos a empezar de una forma distinta? Nos lo tomaremos con toda la calma que quieras, Ellie. Te cortejaré si es lo que quieres. Te regalaré flores y no contestaré llamadas de trabajo cuando estemos de viaje. Haré lo que haga falta si me das otra oportunidad.

La miró con los ojos resplandecientes y ella no pudo hablar porque tenía la sensación de que Alek no hacía esas preguntas muy a menudo. Además, ¿no había soñado algunas veces con un momento como ese aunque luego se convencía de que no pasaría jamás? Sin embargo, estaba pasando. Estaba allí sentado y diciéndole cosas que ella había anhelado oír. La tentación era casi irresistible porque Alek, cuando quería ser apaciguador, era irresistible. Le brillaban los ojos y tenía los labios separados, como si estuviera esperando el beso de ella. Ella quería besarlo con todas sus ganas, podía arrojarse entre sus brazos y los dos podían dejarse arrastrar y... ¿Y qué?

¿Cuánto tardaría él en aburrirse de la vida doméstica? ¿Cuánto tardaría él en cansarse de las exigencias emocionales de ella? Él seguía sin comunicarse sobre las cosas que importaban de verdad. Seguía negando que tuviera un hermano. Solo decía esas cosas porque estaba negociando con ella, porque lo más probable era que se sintiese frustrado porque ella no caía entre sus brazos con gratitud.

—No puedo.

—¿Por qué?

Ella se dio cuenta de que iba a herirle el orgullo, pero quizá no fuese algo tan malo. Sin embargo, tenía que demostrarle que no se trataba solo del orgullo. Tenía que reunir fuerzas para decirle unas cuantas verdades incómodas.

—Porque no puedo plantearme la vida con un hombre que no deja de huir.

—¿Huir? —repitió él sin disimular la rabia—. ¿Estás acusándome de ser un cobarde, Ellie?

—Tú sabrás cómo llamarlo, no yo.

Ella miró el pequeño florero con flores azules que había en el centro de la mesa. Pensó en lo delicados que eran los pétalos, que la mayoría de las cosas eran delicadas cuando dejabas de pensar en ellas. Lo miró e intentó no alterarse por la rabia de él.

–Cuando me hablaste de tu familia, de que tu madre te abandonó y de cómo te afectó, pude entender que nunca quisieras ponerte en contacto con ella. Entendí que habías dominado tu dolor, que lo habías convertido en éxito y que era más fácil darle la espalda al pasado, pero ya eres adulto y el hombre más triunfador que he conocido. Eres inteligente y, aun así, acabas de oír que tienes un hermano y actúas como si no hubiese pasado nada.

Él tenía la cabeza inclinada y estaba en silencio. Cuando la miró por fin, se quedó impresionada del dolor que se reflejaba en sus ojos.

–No es solo un hermano. Creo que habría podido soportarlo. Es un hermano gemelo. ¿Sabes lo que significa si es verdad? ¿Lo has pensado, Ellie? No tuvo otro hijo con otro hombre. Tuvo uno de mi misma edad exactamente. Me rechazó a mí. Yo fui el que ella no quiso. ¿Cómo crees que me siento?

–Creo que no sientes nada porque estás bloqueando los sentimientos como has hecho siempre –susurró ella–. Finges que no existe y esperas que desaparezca, pero no desaparecerá. Te perseguirá y te amargará. Yo no quiero un hombre así. Quiero alguien que pueda hacer frente a la realidad, que pueda aceptar cómo se siente, aunque duela, y que no tenga miedo de demostrarlo –ella se inclinó hacia delante y siguió con vehemencia–. Lo que te imaginas siempre es peor que la realidad. Lo sé muy bien. Cuando conocí a mi padre, todos mis sueños de convertirnos en una familia feliz se desvanecieron cuando él empujó la mesa y el café se derramó por todos lados. Naturalmente, me afectó, pero después me sentí... libre. Pude librarme de todas esas fantasías absurdas, y es mejor lidiar con la realidad que con los sueños o las pesadillas.

Se levantó, lo miró y vio el dolor que llevaba escrito en el rostro, un dolor tan intenso que quiso consolarlo, pero sabía que no podía librarlo de sus pesadillas, que no podía arreglar a Alek, que tenía que hacerlo él solo.

Capítulo 14

NO LE dijo que iba a marcharse hasta la mañana de la partida, cuando fue a la cocina y lo vio bebiendo café con una bolsa de cuero junto a los pies. Él se dio la vuelta cuando ella entró y, aunque sus ojos no delataron nada, su poderoso cuerpo estaba en tensión. Sintió un escalofrío de miedo en la espalda.

–¿Te vas de viaje por trabajo? –preguntó ella.

–No. Voy a París.

El miedo le atenazó el corazón. París, la ciudad del amor. Ella miró la pequeña bolsa y el miedo aumentó.

–¿Has decidido aceptar mi oferta? –murmuró ella con espanto.

–¿Qué oferta?

–¿Vas a ver a... otra?

Él frunció el ceño y ella vio el pulso que le palpitaba en una sien.

–¿Estás loca? Voy a conocer a mi hermano. Llamé a la periodista y hablé con ella. Me dio los datos y le escribí un correo electrónico. Vamos a almorzar en el Ritz de París.

Ellie se sintió dominada por una mezcla muy compleja de emociones. Sentía alivio porque no había aceptado su ridícula oferta y alegría porque había dado el paso de concertar una cita con su hermano, pero también sentía decepción. Él iba a hacer frente a sus demonios, pero no se había parado a pensar que a ella también podría gustarle participar. Tenía curiosidad por conocer al tío de su hijo, pero, además, ¿no podría ser un apoyo para su marido si estaba a su lado? Se acercó con brío, pero él sacudió la cabeza y la paró en seco.

–No, por favor. En estos momentos, lo que menos me apetece son las demostraciones sentimentales.

Era una reacción natural dadas las circunstancias, pero no le dolió menos por eso. Ellie se quedó con los brazos colgando a los costados y frunció los labios. Además, ¿por qué iba a aceptar su ayuda o consuelo cuando se había pasado semanas apartándolo de ella? Asintió con la cabeza.

–Buena suerte –le deseó en voz baja aunque nunca había deseado tanto besarlo.

Pasó todo el día intentando no pensar en lo que podía estar pasando en Francia. Se dijo que Alek no llamaría y acertó. Cada vez que miraba el móvil, cada dos por tres, no había mensajes ni llamadas perdidas y la pantalla seguía en blanco. Había quedado para almorzar con Alannah, pero canceló la cita porque le dio miedo que pudiera acabar haciendo algo ridículo como llorar, o, peor todavía, que le contara toda la historia. No podía hacerlo, no era una historia que pudiera contar ella. Ya había defraudado la confianza de Alek una vez y volver a hacerlo, conscientemente esa vez, sería imperdonable.

Intentó mantenerse ocupada lo mejor que pudo. Había refrescado un poco y se puso una chaqueta para salir a pasear por el parque, que empezaba a tener los tonos rojizos del otoño. Fue a una tienda gourmet que había descubierto en un callejón detrás de las elegantes tiendas de Knightsbridge y compró todo lo que sabía que le gustaba más a Alek. Sin embargo, hiciera lo que hiciese, no podía dejar de hacerse preguntas que no podían contestarse hasta que él llegase a casa. Aunque también llegó a pensar que él podría no querer decirle nada. Era reservado por naturaleza y eso no tenía por qué haber cambiado. Haber descubierto algo sobre su pasado no lo convertía necesariamente en alguien a quien le gustara hablar de sus asuntos.

Se acostó hacia las once y un poco después oyó una llave en la cerradura y una puerta que se cerraba silenciosamente. Se le secó la garganta. Pudo oírlo moverse como si no quisiera despertarla, pero lo llamó cuando sus pisadas pasaron por delante de su puerta.

—¡Alek!

Las pisadas se detuvieron, el suelo crujió y se hizo el silencio.

—Alek... —repitió ella.

La puerta se abrió y el haz de luz iluminó su cama como si fuese un foco. Ella parpadeó, se apartó el pelo de los ojos y se sentó. Intentó interpretar su rostro, pero estaba en sombra y solo podía ver el contorno de su poderoso cuerpo a contraluz.

—¿Estás bien? —preguntó ella.

—No quería despertarte.

—¿No vas a entrar y...? —la voz se le quebró mientras encendía la lámpara de la mesilla—. ¿Y contarme qué ha pasado?

Ella había llegado a esperar que se negara, que le dijera con frialdad que ya le contaría todo, o lo que quisiera, por la mañana. Eso habría sido lo típico del Alek que ella conocía, pero él entró en la habitación y se sentó en el borde de la cama, aunque ella se dio cuenta de que mantuvo cierta distancia, como si quisiera cerciorarse de que no estaba al alcance de su mano. Absurdamente, dadas las circunstancias, se encontró deseando llevar un camisón provocativo y no la camiseta enorme de la que solo podía decirse que era cómoda.

–¿Qué pasó? –le preguntó ella sin disimular los nervios.

Alek la miró morderse el labio inferior, miró el pelo brillante que le caía por los hombros y el nerviosismo que se reflejaba claramente en sus ojos. Creyó que ella lo amaba, pero no pudo estar seguro. Apretó los dientes. ¿Cómo iba a saber si una mujer lo amaba si no tenía elementos de comparación?

–Nos encontramos y, al cabo de un rato, me enseñó unas fotos. Las primeras... –la voz se le quebró un poco–. Las primeras fotos que he visto de ella.

–¿Cómo era? –preguntó ella tragando saliva.

Él inclinó la cabeza y miró al techo.

–Era muy guapa, hasta en las últimas fotos. Tenía el pelo negro y tupido y unos ojos azules increíbles.

–Como los tuyos, quieres decir.

Él sonrió con cautela y volvió a mirarla.

–Sí, como los míos.

Había sido extraordinariamente raro ver la evidencia física de alguien de quien solo había oído hablar para mal. Era una mujer con un vestido de algodón que resplandecía por el sol y que tenía un rostro innegablemente triste.

–¿Y cómo es tu hermano?

Alek abrió la boca para contestar, pero a la persona más elocuente del mundo le habría costado expresar los sentimientos contradictorios que lo habían desgarrado por dentro cuando vio a su hermano gemelo.

–Se parece a mí –contestó por fin.

–¿Tu hermano gemelo se parece a ti? ¡No me digas!

Inesperadamente, él empezó a reírse. La broma de ella había obrado casi un milagro y había quitado hierro a la situación. Pensó lo que sintió cuando entró en el famoso hotel y vio a un hombre aterradoramente parecido a él que lo miraba fijamente desde el extremo opuesto del restaurante. Recordó que se quedó un momento sin respiración.

—Se llama Loukas, pero tiene los ojos negros, no azules.

Esa había sido la única diferencia física que había podido ver, pero, después de la segunda botella de vino, Loukas le habló de las cicatrices que tenía en la espalda y de cómo se las había hecho. Le contó muchas cosas y algunas fueron difíciles de oír, otras quiso olvidarlas al instante. Le habló de una madre que había elegido mal a todos sus hombres y de cómo había influido eso en su vida. Le habló de su infancia dominada por la pobreza y no exenta de problemas. Problemas sombríos que Loukas le dijo que reservaría para otro día.

—¿Llevaba mucho tiempo intentando encontrarte? —susurró Ellie.

—No se enteró de que yo existía hasta el año pasado, cuando su... cuando nuestra madre murió.

—Alek...

Él sacudió la cabeza. No estaba preparado para un arrebato de emociones que podría llevarlo a hacer lo que llevaba todo el día intentando no hacer. Se aclaró la garganta y se concentró en la conversación.

—Ella dejó una carta explicando por qué había hecho lo que hizo. Decía que no podía vivir más con mi padre porque sus ataques de ira y sus infidelidades eran insoportables. Ella no tenía ni dinero ni poder y estaba atrapada en la isla. Creía que él nos destrozaría la vida a los tres si se quedaba, pero también sabía que no podía salir adelante con dos bebés y... y eligió a Loukas.

Ella asintió con la cabeza y él creyó por un momento que no iba a preguntarlo, pero era Ellie y, naturalmente, lo preguntó.

–¿Cómo lo eligió?

–Tiró una moneda al aire.

–Ah... Entiendo.

Él se rio con amargura. No era un hombre que se dejara llevar por la imaginación, pero sí se había imaginado ese momento previo a que ella se marchara para siempre. Le habría gustado que su hermano hubiese mentido, que se hubiese inventado una historia, que le hubiese contado que lo había elegido porque era más débil o porque había creído que él, Alek, aguantaría mejor porque era dos minutos mayor y pesaba unos gramos más... o porque Loukas había llorado en el último instante y le había desgarrado el corazón. Sin embargo, fue algo mucho más prosaico. Su destino, y el de su hermano, se decidieron mediante una moneda que giró en el aire hasta que cayó en la palma de su mano. ¿Qué pensó mientras la moneda daba vueltas? ¿Le resultó fácil abandonarlo?

–Mi madre lo jugó a cara o cruz y yo perdí.

Se hizo un silencio mucho más largo.

–Sabes que lo hizo porque te quería, ¿verdad? –preguntó ella de repente.

Él levantó la cabeza sin darse cuenta casi del escozor que sentía en los ojos.

–¿Puede saberse de qué estás hablando?

–Lo hizo porque te quería –repitió ella más tajantemente–. Tenía que estar desesperada porque sabía que le costaría mucho cuidar a un bebé, y mucho más a dos. Además, si se hubiese llevado a los dos, él os habría perseguido, puedes estar seguro. Tu madre tuvo que pensar que tu padre se alegraría de haberse quedado con un hijo y que te querría lo mejor que pudiera. Sin embargo, no podía. No podía por algún motivo que, seguramente, no sabrás nunca. Aun así, tienes que dejar de pensar que lo que pasó demuestra que nadie puede amarte. Tienes que aceptar que se te puede amar mucho si dejas rechazar a las personas. Nuestro hijo va a amarte, puedes estar seguro. Y yo estoy deseando entregarte todo el amor que tengo en el corazón si... si me dejas. Cariño, no pasa nada. Alek, acércate –los ojos se le nublaron–. Todo va a salir bien.

Ella lo rodeó con los brazos y él hizo lo que había estado intentando no hacer durante todo el día, llorar. Derramó las lágrimas que nunca había derramado antes. Lágrimas de soledad y dolor y que hicieron que se diera cuenta de que era libre por fin, de que se había librado del pasado y de sus tenebrosos tentáculos, y de que Ellie lo había ayudado. Le apartó el pelo rubio de la cara con una mano temblorosa y la miró.

–Tú nunca harás algo así –comentó él.

Ella giró un poco la cabeza para besarle la mano.

–¿El qué?

–Abandonar a nuestro hijo.

Ella se mordió el labio inferior y los ojos grises se le ensombrecieron.

–No quiero juzgar a tu madre ni compararme...

–No pretendía eso –replicó él en voz baja–. Solo quería constatar un hecho y alegrarme de ello. He hecho que lo pasaras fatal, Ellie, y muchas mujeres habrían perdido la paciencia hace mucho tiempo. Sin embargo, tú, no. Tú has aguantado, me has dado fuerza y me has enseñado el camino.

–Porque te amo –dijo ella mirándolo a los ojos–. Ya deberías haberte dado cuenta. Sin embargo, algunas veces, el amor implica que des un paso atrás porque nunca puede florecer en la oscuridad o entre secretos, o entre cosas de las que alguien no se atreve a hablar.

–Yo también te amo –dijo él poniéndole una mano

en el vientre. Se le hizo un nudo en la garganta al notar un leve movimiento–. Te amo a ti y a nuestro bebé y os amaré siempre, os cuidaré y nunca os defraudaré. Puedes estar segura, *poulaki mou*, nunca os defraudaré.

La besó, captó el sabor salado de las lágrimas de ella e hizo lo que llevaba mucho tiempo esperando hacer. Se tumbó a su lado, la abrazó y la estrechó contra su corazón.

Epílogo

¿QUÉ te parece estar aquí otra vez? –la pregunta de Ellie le llegó flotando a su marido en la calidez de la noche–. ¿Te parece raro?

La luz de la luna que entraba por las ventanas daba un aire plateado e irreal a la habitación. Un ventilador anticuado daba vueltas sobre sus cabezas y las sábanas estaban arrugadas bajo sus cuerpos sudorosos. El ligero olor a sexo se mezclaba con el de los limones exprimidos en una jarra de agua que había junto a la cama. Se puso de costado y miró a Alek, quien estaba tumbado con los brazos estirados por encima de la cabeza. Era la imagen viva de la felicidad y satisfacción.

Llevaban algún tiempo esperando a hacer ese viaje a Kristalothos, hasta que los dos estuvieron seguros de que estaban preparados. Un viaje a la isla donde Alek pasó su infancia, que simbolizaba el espanto de su pasado, nunca iba a estar entre los más apetecibles. En realidad, a ella le sorprendió que lo propusiera él porque, aunque su vida había sido frenética, se acercaba mucho a la perfección. El nacimiento de su hijo, hacía dos años, había puesto la guinda a su felicidad y ella había... Tragó saliva. ¿Había tenido miedo de que ese viaje pusiera a prueba su felicidad y amenazara con destruirla? ¿Había tenido miedo de que él volviese a ser el Alek reservado de antes y la dejara fuera de su corazón o de que al enfrentarse con su pasado se amargara con fuerzas renovadas? Había pensado todo eso y mucho más, pero había dominado los miedos y había acogido sus planes con entusiasmo porque le había parecido que era algo que él tenía que hacer. ¿Acaso no había insistido ella en que había que hacer frente a los miedos en vez de eludirlos? Además, también podía haber algo de verdad en la idea de que no se podía avanzar hasta que se hubiese asimilado perfectamente el pasado.

Después de hablarlo mucho, decidieron dejar en Inglaterra a su adorado hijo, al pequeño Loukas que tanta felicidad les había llevado. Ese pequeñajo había conseguido que Alek fuera cada vez más capaz de expresar sus sentimientos. Los niños amaban incondicionalmente y Alek había aprendido a hacer lo mismo. Había aprendido que el amor verdadero no tenía límites. Algunas veces, ella se quedaba observándolo jugar con su hijo y el corazón se le llenaba de orgullo y cariño. Sin embargo, un niño de dos años no era la compañía ideal para un viaje catártico que podía ser doloroso y por eso lo habían dejado con Bridget, quien se había convertido en su abuela honorífica.

Una vez en Atenas, alquilaron un barco que los llevó a Kristalothos. Llegaron una mañana de primavera con las colinas rebosantes de flores silvestres y un mar cristalino que bañaba la arena blanca de las playas. Mientras miraba alrededor con cierto asombro, Alek le contó que el sitio había cambiado tanto que era irreconocible. Ya había visto algunos de los cambios mientras preparaba el viaje, pero al verlos en persona había comprendido que nada permanecía siempre igual. Un hostelero griego que se llamaba Zak Constantides había comprado la fortaleza de su padre y la había transformado en un hotel exclusivo que estaba haciéndose tan famoso como el London Granchester de él. Alek, sin embargo, había preferido alquilar una villa y ella se alegró porque no quería estar ni un minuto en el sitio donde un niño había pasado tantos años desdichados.

Se inclinó un poco y le acarició el pecho de bronce. Su caricia lo sacó de su aire pensativo, le sonrió y pensó en la pregunta que le había hecho. ¿Qué le parecía estar allí? Le acarició el pelo.

—Es un poco raro —reconoció él—, pero ya no me duele. Además, me alegro de haber venido porque era algo que tenía que hacer. Otro fantasma enterrado. Me gusta que el hotel de Zak haya traído trabajo y prosperidad a la isla y de que ya no esté bajo el yugo del miedo y la opresión.

—Yo también me alegro —dijo ella abrazándolo.

—Me alegro de muchas cosas. Sobre todo, de mi maravillosa esposa y de mi maravilloso hijo, quienes me dan una satisfacción que nunca creí que existía —él le levantó la cara con un dedo en la barbilla para ver sus ojos a la luz de la luna—. Incluso me alegro de tener un hermano, aunque...

—Aunque Loukas tiene sus propios demonios —terminó ella.

—Sí, es verdad, pero, en este momento, no estoy pensando en Loukas, *poulaki mou*. Estoy pensando en ti —se puso encima de ella e introdujo los dedos entre su pelo mientras notaba la delicadeza de su cuerpo—. Sin ti, no tendría nada. Soy quien soy gracias a ti, Ellie. Hiciste que me enfrentase a todo lo que había eludido durante toda mi vida, hiciste que me mirase a mí mismo aunque no quería. He aprendido...

—¿Qué has aprendido? —preguntó ella cuando él no terminó la frase.

—Que es mejor afrontar la verdad que darle la espalda, y que los sentimientos no van a matarte por muy descarnados que sean. Me has enseñado todo lo que es digno de saberse y te amo por eso, Ellie Sarantos, y por un millón más de cosas –él frunció el ceño con un gesto burlón–. Aunque me has impedido tozudamente que se lo comunique al mundo.

Le pasó un dedo por las clavículas. Había querido celebrar otra ceremonia de matrimonio en la catedral griega de Londres para declarar su amor por ella porque le parecía que la vez anterior la había desilusionado. Ella estuvo de acuerdo e, incluso, comentó con una organizadora de bodas las ventajas de un cuarteto de cuerdas sobre un anticuado grupo de *bouzouki* para la celebración, hasta que una mañana, durante el desayuno, le dijo que no necesitaba declaraciones ni gestos ostentosos, que le bastaba con saber que la quería y que, en esos momentos inestimables de intimidad, sus palabras de amor sinceras le valían más que una tonelada de confeti.

Ese era otro rasgo de su personalidad que hacía que la amara tanto. Las cosas que le importaban a ella no eran las cosas que tanta gente ansiaba. Ella no necesitaba montar un espectáculo ni hacer declaraciones, ella no necesitaba demostrar nada. Podía ponerse diamantes o quitárselos, si bien llevaba vaporosos vestidos de seda porque sabía que le gustaban a él, era más feliz con unos vaqueros y una camiseta. Seguía siendo Ellie, la mujer franca y sin dobleces de la que se había enamorado, y él no quería que cambiara.

Le tomó los pechos entre las manos mientras ella dejaba escapar un sonido susurrante porque le gustaba. A él le entusiasmaba. Aunque, claro, la gustaba todo de su esposa hermosa y delicada.

–¿Debería hacerte el amor? –preguntó él.

Ella le pasó la yema de un dedo por la barba incipiente hasta que llegó a los labios.

–Sí, por favor...

Estaban donde había nacido él, pero podrían haber estado en cualquier otro sitio. Era un sitio que había simbolizado lo más sombrío y desolador, pero ya no lo era porque Ellie conseguía que cualquier sitio fuese el hogar que él no había tenido nunca. La besó mientras las garzas se reunían en la bahía que se adormecía al otro lado de la ventana.

Bianca

Acabaría siendo ella la que caminase hacia el altar… y hacia él

Sebastian Rey-Defoe se había resignado a un matrimonio de conveniencia… hasta que una pelirroja interrumpió la ceremonia y lo puso en evidencia delante de todos. Lo peor era que Sebastian la conocía y sabía de qué se estaba vengando.

Mari Jones estaba decidida a herir a Sebastian en su orgullo y hacerle pagar por sus pecados, pero no había contado con la chispa que prendió en cuanto volvió a encontrarse con el arrogante magnate.

Tampoco se imaginaba las consecuencias de su plan…

HARLEQUIN _Bianca_

Kim Lawrence
Una novia diferente

Una novia diferente

Kim Lawrence

¡YA EN TU PUNTO DE VENTA!

Acepte 2 de nuestras mejores novelas de amor GRATIS

¡Y reciba un regalo sorpresa!

Oferta especial de tiempo limitado

Rellene el cupón y envíelo a
Harlequin Reader Service®
3010 Walden Ave.
P.O. Box 1867
Buffalo, N.Y. 14240-1867

¡Sí! Por favor, envíenme 2 novelas de amor de Harlequin (1 Bianca® y 1 Deseo®) gratis, más el regalo sorpresa. Luego remítanme 4 novelas nuevas todos los meses, las cuales recibiré mucho antes de que aparezcan en librerías, y factúrenme al bajo precio de $3,24 cada una, más $0,25 por envío e impuesto de ventas, si corresponde*. Este es el precio total, y es un ahorro de casi el 20% sobre el precio de portada. !Una oferta excelente! Entiendo que el hecho de aceptar estos libros y el regalo no me obliga en forma alguna a la compra de libros adicionales. Y también que puedo devolver cualquier envío y cancelar en cualquier momento. Aún si decido no comprar ningún otro libro de Harlequin, los 2 libros gratis y el regalo sorpresa son míos para siempre.

416 LBN DU7N

Nombre y apellido	(Por favor, letra de molde)

Dirección	Apartamento No.

Ciudad	Estado	Zona postal

Esta oferta se limita a un pedido por hogar y no está disponible para los subscriptores actuales de Deseo® y Bianca®.
*Los términos y precios quedan sujetos a cambios sin aviso previo.
Impuestos de ventas aplican en N.Y.

SPN-03

©2003 Harlequin Enterprises Limited

VOLVERÉ A ENAMORARTE

MAUREEN CHILD

Después de dos largos años, Sam Wyatt volvió a casa. Tenía grandes planes para la estación de esquí de su familia, pero antes debía enfrentarse a todos a los que había dejado atrás, incluida su exmujer, a la que siempre había tenido presente.

Lacy acababa de recuperarse del abandono de Sam y, de repente, este se convirtió en su jefe. Le era imposible trabajar con él y no volver a enamorarse, pero cuando descubrió los verdaderos motivos por los que Sam la seducía supo que no podría perdonarlo… ni siquiera con un inesperado embarazo de por medio.

Nunca la había olvidado

¡YA EN TU PUNTO DE VENTA!

Bianca.

No podía resistirse al atractivo de su inocencia…

Nick Coleman era uno de los millonarios más codiciados de Sídney, pero su lema era amarlas y luego abandonarlas. Con Sarah todo era diferente porque había prometido cuidar de ella y protegerla. Sin embargo, la deseaba con todas sus fuerzas…

Sarah pronto recibiría una importante herencia y entonces se convertiría en el blanco de todo tipo de hombres que tratarían de seducir a una joven rica e inocente. Quizá Nick debiera enseñarle lo peligroso y seductor que podía ser un hombre…

Enamorada de su tutor

Miranda Lee

[5]

¡YA EN TU PUNTO DE VENTA!